dtv

Eine alternde Radsportlegende, ein viel zu früh am Rennsporthimmel verglühter Komet, eine Ikone des Langstreckenlaufs – und immer wieder der Fußball. In zehn mitreißenden Erzählungen lässt Ugo Riccarelli Triumphe und Tragödien aus der Welt des Sports lebendig werden und verknüpft dabei reale Begebenheiten mit fiktiven Elementen: Da ringt der Radrennfahrer Fausto Coppi mit einem geisterhaften Konkurrenten um den Bergetappensieg, bezahlt der blutjunge Guy Moll die Rallye seines Lebens mit dem Tod, behauptet sich der Langstreckenläufer Emil Zátopek gegen die Schikanen der kommunistischen Machthaber, kicken Fußballer rund um den Globus um den Sieg und manchmal gar um ihr Leben.

Riccarelli erzählt vom Brennen der Muskeln, von der Leere im Kopf, von Sportlern, die alles geben. Doch hinter den Geschichten stehen größere, menschliche Dimensionen: Für Riccarelli ist der Sport ein Brennspiegel des Lebens, eine Metapher für seine Wechselfälle und Wendepunkte und den Preis des Ruhms.

Ugo Riccarelli, geboren 1954 in Cirié bei Turin, arbeitete nach seinem Philosophiestudium als Regieassistent und Journalist. Seine Werke wurden mit verschiedenen Preisen ausgezeichnet, für den Roman ›Der vollkommene Schmerz‹ erhielt er 2004 den renommierten Premio Strega. Ugo Riccarelli lebt in Pisa.

Ugo Riccarelli

Fausto Coppis Engel

Erzählungen

Aus dem Italienischen
von Sylvia Höfer

Deutscher Taschenbuch Verlag

Von Ugo Riccarelli ist im
Deutschen Taschenbuch Verlag erschienen:
Der vollkommene Schmerz (13681)

März 2009
Deutscher Taschenbuch Verlag GmbH & Co. KG,
München
www.dtv.de
Lizenzausgabe mit Genehmigung
des Paul Zsolnay Verlags Wien
© 2001 by Arnoldo Mondadori Editore S.p.A., Mailand
Titel der Originalausgabe: ›L'angelo di Coppi‹
Alle Rechte der deutschsprachigen Ausgabe:
© Paul Zsolnay Verlag Wien 2004
Umschlagkonzept: Balk & Brumshagen
Umschlaggestaltung: Kathrin Hörmann
unter Verwendung eines Fotos
von Corbis/Sygma/Nogues Alain
Satz: Satz für Satz. Barbara Reischmann, Leutkirch
Druck und Bindung: Druckerei C. H. Beck, Nördlingen
Gedruckt auf säurefreiem, chlorfrei gebleichtem Papier
Printed in Germany · ISBN 978-3-423-13745-4

Wer gewinnt, weiß nicht,
was er verliert.

GESUALDO BUFALINO

Gewidmet Fausto Guccinelli,
der seit vielen Jahren mit
mir zusammen
in die Pedale tritt

Fausto Coppis Engel

Am 12. Februar des Jahres 1959 zog Fausto Angelo
Coppi das Gartentor seiner Villa hinter sich zu,
blieb einen Augenblick stehen, um den Nebel zwischen den Hügeln von Castellania zu betrachten,
und dachte an die Sonne, die er in Spanien genossen
hatte: Sie hatte ihn gestreichelt wie einen alten
Freund, ihm die Schultern gewärmt und ihm ein
bißchen von seiner Müdigkeit genommen. Die
Räder im Feld vor ihm waren schnell weitergezo-
gen, und er hatte oft auf den Asphalt gestarrt, der
unter ihm wegrollte, während er so tat, als sei er er
selbst, und mit einem leichten Lächeln die Grüße
der Leute, die am Straßenrand mitliefen, erwiderte.
Die Sonne ringsum und auf seinem Rücken und
über ihm der blaue Himmel. Ein bißchen Wind, der
ihm Jubelschreie, kurze Sätze und anfeuernde Rufe
zuwehte. Und im Innern diese Kälte, diese ferne,
schwer drückende Last von etwas, was man nicht
verstehen kann und was nicht zur Ruhe kommt. In
Sueca hatte er sich ablenken lassen und einen Vogel
beobachtet, der sich von einer Wiese aus gemächlich
in die Lüfte schwang. Er hatte ihn für einen Fasan
gehalten und war ihm einen Moment lang mit dem
Blick gefolgt, so als habe er die Doppelflinte in den

Händen und nicht seinen Lenker. Das genügte, um das Loch zu übersehen, eine große Vertiefung, die ihn zu Boden schleuderte, auf die Schulter, auf den Arm und auf zwei Finger, die brachen, ohne daß es ihm im geringsten weh tat. Als man ihm aufhalf, klagte er auch nicht, suchte nur mit den Augen nach etwas, was ihn jetzt vom Wipfel eines Baumes aus betrachtete. Von dieser ganzen Geschichte blieb nichts als das Bedauern, daß er nicht hatte feststellen können, ob es nun zwei Fasanenaugen gewesen waren oder nicht.

Langsam entfernte er sich von zu Hause und fuhr hinein in den Nebel. Er würde mit dem Fahrrad in Richtung Acqui strampeln und dann weiter nach oben, ständig bergauf, bergab, fast bis nach Ceva. Drei Tage Ruhepause im Hause von Mongelli, um vor den Etappen in Frankreich ein paar Spazierfahrten zu unternehmen, nur drei Tage Freiheit mit ein paar lieben Freunden, dann wieder dieser ganze Zirkus, die Schlauchreifen, die Flugzeuge, die Massagen, die Journalisten. Die Franzosen und ihr Fostoo und all das übrige Trara.

Auf dem Weg nach Roccaverano stieß die Sonne durch die feuchte Watte und setzte sich an seine Seite, begleitete ihn ruhig, bewegte sich genauso mühelos fort wie er. Er, Coppi, führte Selbstgespräche, während er in die Pedale trat, er redete von seiner Zukunft, die nunmehr glatt vor ihm lag, in die Länge gezogen wie die Ausreißergruppe am Ende der Geraden. Ich muß aufholen, ich muß sie so schnell wie möglich einholen, bevor der Abstand noch größer wird. Er blickte sich um, aber es gab keine Helfer, niemand aus seiner Mannschaft, der ihm eine Hand reichen könnte, der ihm half, ohne allzu große Anstrengung an das Hauptfeld aufzuschließen. Jemand, dem er einen Kuhhandel in Aussicht stellen könnte, irgendein leicht verdientes Preisgeld oder einen problemlosen Ausreißversuch auf irgendeiner Nebenetappe. Die Gruppe entfernte sich ebenso wie die Sonne, der es doch nicht gelang, den Nebel abzuschütteln: Die farbigen Rücken der Rennfahrer verschwanden im Dunst, der sie verschluckte und mit ihnen zusammen auch die Straße verschlang. Es war zu kalt und der Abstand zu groß. Coppi schaffte es nicht mehr, heranzukommen. Er begann nachzudenken, was er tun sollte; noch einmal überlegte er, wie tausend andere Male zuvor, welche Taktik dort, auf der Straße, nun anzuwenden sei. Vielleicht lag die Lösung ja darin, langsam zu fahren, mit dem Strampeln aufzuhören, auf das Begleitfahrzeug zu warten und aufzugeben − wegen eines Stichs in der Lebergegend, wegen des Bauchs, der rebellierte, wegen der Hand auf dem Lenker, die weh tat. Eine warme Decke über den Schultern, behaglich auf dem Sitz ausgestreckt, und Ettore Milano würde etwas mehr Gas geben, zweihundert Meter würden genügen, und die eingeholte Gruppe wäre zur Seite gewichen. Magni, Bartali. Ein kurzer Blick auf die Glatze von Martini. Vielleicht würde er auch Baldini sehen können. Weiter so, Ercole! Wir treffen uns im Hotel. Dann würde er sich umdrehen und sehen, wie sich seine Zukunft entfernte, immer kleiner würde am Ende der Landstraße. Vielleicht würde er auch einschlafen.

Coppi dachte nach und trat in die Pedale in einem Nebel, der sich hinter Cortemilia wieder verdichtet hatte, und in der Kälte, die ihm jetzt in die Waden biß, durch die nasse Strumpfhose drang und so gegen die Knochen pochte, wie der Schnabel eines Spechts gegen den Stamm einer Tanne hämmert. Die Straße führte wieder nach oben, und in dem ganzen Dunst war nichts anderes zu hören als das fortgesetzte Scheuern des Asphalts unter dem Reifen. Und die Umdrehung der Pedale.

Jetzt aber los, sagte sich Coppi, tritt ein bißchen kräftiger, schalt auf achtundvierzig. Er bediente die Schaltung und fügte der fast vollkommenen Stille der Straße das Rasseln der Kette hinzu.

Da bemerkte er ihn neben sich, wirklich erst in dem Augenblick, als ihm klar wurde, daß sich das Scheuern der Reifen verdoppelt hatte, »fuuum, fuuum«, ein kraftvoller Rhythmus. Das erste, was er sah, war sein Rücken, dieser Rücken, der aussah wie der eines Jungen. Und einen blonden Kopf. Dann sah er das Rad und freute sich, weil es ein Aquila war, ein schwarzes Aquila, wie das erste, das er selbst gefahren hatte, mit tiefem Lenker und breiten Reifen, ohne Gangschaltung und mit abgeblättertem Lack.

Aber es war nur ein kurzer Augenblick, ein regelrechter Blitz, der den natürlichen Reflex des Champions, des Rennfahrers, auslöst, wenn er feststellt, daß er überholt wird: Seine Muskeln erstarren infolge dieses Messerstichs, das Bild, das er selbst von sich hat, bekommt einen Sprung, sein Stolz ist getroffen, und in der nächsten Sekunde geht er zum Gegenangriff über.

Er war bereits aus dem Sattel gegangen, um anzutreten, als ihm klar wurde, wie albern und kindisch er sich benahm. Was mache ich denn da? sagte er sich. Jetzt fange ich schon an, den Kindern hinterherzufahren. Haben mir denn der Giro d'Italia, die Tour de France, das Stilfser Joch nicht genügt, um zu begreifen, der Tourmalet, der Aubisque und die Croix de Fer? Und jetzt kann sich keiner vor mein Rad setzen, ohne mich nervös zu machen?

Er ließ sich sofort wieder auf den Sattel nieder und hob kurz die Hand, wie um sich zu entschuldigen. Nur zu, mein Junge, vielleicht hast du nicht einmal gemerkt, daß du soeben Fausto Coppi überholt hast, daß dieser in die Strumpfhose gezwängte Mann der Campionissimo ist seit Ewigkeiten, der einzige Mann, der auf sämtlichen Straßen Europas, auf denen Radrennen veranstaltet werden, an der Spitze liegt.

Und er verharrte einen Augenblick so, zwischen seinen Worten und den Pedalen, die den Aufstieg bewältigten. Er sah noch deutlich den Rücken und diesen Blondschopf, der, ohne sich eine Anstrengung anmerken zu lassen, hinaufkletterte, den Vorsprung vergrößerte und dabei so in die Pedale trat, als mache er nur einen Ausflug oder eine kleine Spritztour. Es war fast natürlich, auf die Leichtigkeit dieser Fahrweise zu achten, auf diesen ruhigen Rhythmus und den runden Tritt. Und dabei ging es steil nach oben, und das Aquila war nicht gerade ein Fliegengewicht: Es wog gut und gern fünfzehn Kilo, und damit über diesen Grat zu fahren mußte sich anfühlen, als würde man mit aller Kraft Gußeisen über Sand schieben. Er jedoch fuhr bergauf, im gleichen Gang und mit diesem runden Fahrstil.

Ebenso natürlich war es, daß man merkte, wie man selbst etwas fester in die Pedale trat, um ihn vielleicht einzuholen, während man sich sagte, das sei eine gute Methode, die Beinmuskulatur aufzubauen, eben ein gutes Training. Ohne ein Wettrennen zu veranstalten. Der Anstieg war mindestens noch einen Kilometer lang, hinauf bis zum Padre, und es war einer von der schwierigen Sorte, da würde der Junge, mit diesem Fahrstil, gewiß bald aufgeben. Er schaltete vorn auf fünfzig, erhob sich versuchsweise in die Position *Danseuse*, ein paar Atemzüge lang, um jeder noch so verborgenen Stelle in seinen Waden Sauerstoff zuzuführen, dann noch ein flüchtiger Gedanke an die große Pumpe seines Herzens, um das Geräusch zu hören, das ihn begleitete. Alles wie immer, und so fing das Bianchi unter ihm an, den Abstand zu diesem Rücken Meter für Meter zu verkürzen, wie es das schon andere Male getan hatte, bei Bartali, bei Robić und bei Ferdi Kübler.

Bei der ersten Kehre hatte der Junge nicht mehr als zehn Meter Vorsprung, und die Erfahrung ließ Coppi einen raschen Blick zu ihm werfen, und da war er bereits wieder vor ihm, jetzt in der anderen

Fahrtrichtung, kaum zwei Meter über ihm, der schon nachzog. Das lernt man, wenn man Radrennen fährt, da lernt man, die Fahrtechnik des Nebenmanns zu beobachten, da weiß man, wie man ihn eine Sekunde lang mustert, um zu erkennen, ob es ein Lächeln ist oder ein zu einer grimmigen Grimasse verzogener Mund, verursacht durch die verfluchte Schinderei. Einen Abstand einzuschätzen, zu entscheiden, was zu tun ist.

Der Junge fuhr weiter, aber man sah nichts. Er lächelte nicht. Er wirkte nicht müde und auch nicht besorgt. Er trat nur in die Pedale, auf diesem schwarzen Aquila, das so gerade und starr war, als stehe es auf einem Sockel.

Die zweite Kurve erreichte er mit nur fünf Meter Vorsprung, und als er wieder in die Gerade einfuhr, beäugte Coppi von unten erneut sein Gesicht, aber er sah nur zwei Augen, die geradeaus, auf die Straße, blickten, die nicht zu bemerken schienen, daß ein anderer näher kam.

In dem Augenblick, als auch der Champion in die Kurve hineinfuhr, spürte er einen weiteren Stich in der Brust, weil der Junge, kaum zwei oder drei Meter vor ihm, aus dem Sattel ging, als habe er sich plötzlich an etwas erinnert, auf den Pedalen tänzelte und davonflitzte, fast lautlos, und den zurückließ, der ihm folgte und für die letzten dreihundert kurvenreichen Meter das beste Übersetzungsverhältnis suchte. Er erreichte den Gipfel, allein, er, Coppi, und von dem Jungen war da nur noch der Schatten, den er fühlen konnte. Was er jedoch sah, war, daß die wenigen Blätter an den Buchen, die dem Zugriff eines so kalten Winters entwischt waren, oben, auf der Spitze des Berges Padre, lächelten. Dort traf er ein mit Waden wie aus Holz und Schläfen, die noch gefühlloser waren als sein Herz, und als er oben angelangt war, kam er sich dumm vor, weil er eine so große Anstrengung unternommen hatte, ohne daß seine Beine schon soweit waren, weil er riskiert hatte, sich ohne die richtige Vorbereitung zu zerreißen, nur weil er keine Lust hatte, sich überholen zu lassen. Als er die letzte Kehre der Abfahrt erreichte, hatte er sich bereits beruhigt – so erfolgreich hatte er sich eingeredet, die ganze Sache vergessen zu können.

Mongelli und seine Frau erwarteten ihn im Garten und ließen ihn zur Feier des Tages hochleben. Sie begleiteten ihn ins Haus und forderten ihn auf, an dem wärmenden Kachelofen, den sie aus Tirol hatten kommen lassen, Platz zu nehmen. Coppi hörte gern ihre Komplimente, war froh zu erfahren, daß am nächsten Morgen auch Milano kommen würde, einen Tag früher als vorgesehen, und daß er Cavanna mitbringen würde, den treuen Biagio Cavanna, dessen Kraft in seinen Händen lag. Er unterhielt sich mit den Freunden über seine Tour, erzählte aber nichts von dem heimlichen Kampf mit dem Jungen; er sagte nichts, weil er ihn schon vergessen hatte, weil er sich eingeredet hatte, er habe sich geirrt. Er machte es sich in dem Zimmer gemütlich, in das er sein Gepäck brachte, das Mongelli vom Bahnhof abgeholt hatte, und richtete sich für ein heißes Bad.

Der Raum war voller Dampf, so daß es ihm vorkam, als betrete er ein türkisches Bad. Das Wasser war heiß und duftete, und Coppi tauchte in den Schaum ein wie einige Stunden zuvor in den Nebel. Er entspannte sich und wäre beinahe eingedöst, als er sich plötzlich aufrüttelte, weil er drinnen, in seinem nach vorn geneigten Kopf, das Geräusch der Reifen des Aquila näher kommen hörte, »fuuum, fuuum«. Da wurde ihm klar, daß er im Wasser lag und schon wieder angefangen hatte, in die Pedale zu treten.

Am Morgen stand er zeitig auf und frühstückte ausgiebig. Er überprüfte den Druck in den Reifen und ließ die Kette drehen, um die Gangschaltung zu kontrollieren. Er verabschiedete sich von Mongelli und sagte, daß er ein paar Kilometer radeln würde, mit einigen Steigungen, um beim Anstieg ein wenig seine Beinmuskeln zu trainieren. Er würde »die große Runde« machen, sechzig Kilometer bergauf und bergab und zum Abschluß den steilen Anstieg zum Padre, um die Lungenkapazität zu steigern. Bevor er losfuhr, legte ihm Mongelli eine Hand auf die Schulter. Sie waren seit vielen Jahren miteinander befreundet, und diese Geste war mehr als ausreichend, um ihm das Beste zu wünschen.

Die Straße entrollte sich wieder unter den Rädern, und es war immer noch dieselbe, immer noch dieser asphaltierte Schotter, den er in seinem Blut hatte, die harte Übersetzung, die vor kurzem leichter eingestellt worden war, und die Schaltung, das neueste Modell, die ohne die geringste Verzögerung übersprang. Coppi drehte in aller Ruhe seine Runde, ohne der Gruppe zu folgen. Der Tag war heiter, und Nebelgespenster gab es keine.

Er erreichte die Weggabelung vor dem Anstieg zum Padre, kam aber heute von rechts, ein paar hundert Meter von der Stelle entfernt, an der der Junge ihn überholt hatte. Die Straße war leer, denn die wenigen Autos von damals bevorzugten etwas weniger kurvenreiche Strecken, die auch für sie weniger strapaziös waren als dieser Anstieg, der zwar nicht lang, aber zum harten Training wie geschaffen war. Die kurze Aufwärmphase war angenehm und ruhig verlaufen, Coppi hatte zwei- oder dreimal beschleunigt und gespürt, wie ihm die Beine ohne jede Anstrengung, fast lustvoll gehorchten. Besser, viel besser als gestern, als die scheußliche Feuchtigkeit und das unzureichende Training ihm auf der letzten Steigung zugesetzt hatten. Sogar der Junge war verschwunden wie ein Gruß.

Als hätte dieser Gedanke ihn herbeigerufen, sah er ihn plötzlich kaum dreihundert Meter über jener Stelle wieder, an der er das erste Mal aufgetaucht war. Er saß wieder auf dem Aquila und fuhr entschlossen mit seinem leichten Tritt. Bis er ihn auch nur erblickt hatte, war der andere schon gut zehn Meter weiter.

Na, mein Junge, zweimal kommst du mir nicht so davon, sagte sich Coppi, schaltete zurück auf 49/16 und fing an, stampfend in die Pedale zu treten. Als hundert Meter hinter ihm lagen, erhob sich der Junge, bereits unterhalb der Serpentinen, aus dem

Sattel und trat an. Ah, du Angeber, jetzt willst du aber wirklich aufdrehen! dachte der Champion und schaltete noch ein Ritzel zurück. Er hatte den Galibier, den Isère, den Gavia und tausend andere Pässe in den Beinen, und der Padre ist zwar schwierig, aber er kam ihm vor wie ein Biß ins Butterbrot, und er dachte an die Kälte und an die Bären, an die Koblets, die Bartalis und die Robićs, die er bezwungen hatte. Aber dieser Verrückte war immer noch da vorn, sechs Meter weiter, drei Meter, dann wieder sieben. Coppi malträtierte die Straße, daß er aussah wie ein Bierkutscher, er knabberte schon an den Reifen des Jungen auf seinem gußeisernen Aquila, schloß zu ihm auf und versuchte, seinen Atem zu spüren, aber der andere war wie ein Segelschiff, hinaufgetragen vom Wind: Auf diesem schwarzen, aus Marmor gemeißelten Ding wandelte er leichtfüßig über die Wasser, ohne auch nur einen Muckser von sich zu geben.

Das ist es, was dem Rennfahrer zusetzt: den Rükken zu sehen, den anderen vorankommen zu sehen, ohne daß er sich umdreht, ohne daß man seinen erschrockenen oder ermatteten oder wenigstens besorgten Blick sieht, denn der Gegner ist hinter deinem Reifen her und wird dich bei der ersten Biegung aufspießen. Und statt dessen fuhren sie die fünf sehr schwierigen Kurven vor dem Padre hinauf und trafen fast gleichzeitig auf dem Gipfel ein, einer neben dem anderen. Aber der eine war ein blonder Junge, der wie ein Schmetterling auf einem schwarzen, zerkratzten alten Aquila daherkam, und der andere war Fausto Angelo Coppi, mit sieben Liter Luft im

Brustkorb und einem glänzenden, leichten Bianchi zwischen den Beinen – Millionen Straßenkilometer im Kopf, Milliarden Schmerzen und Erschöpfungszustände in den Knochen, Küßchen unbekannter Damen und geliebter Frauen, Jubelschreie der Menge und Blitzlichtgewitter der Paparazzi, Reporter und Journalisten, Geld und Siege zuhauf, die Liebe der Menschen, die Achtung vor dem, der gewinnt, und der Haß auf den Sieger. Fausto Angelo Coppi, der als zweiter auf dem Gipfel des Padre ankommt! Dann stürzte er sich hinunter, bergab, als falle er geradewegs hinein in eine Erinnerung, nicht in die der weiten Kurven dieses Hügels, sondern in die vom Stilfser Joch, als er, Schnee und Felszacken streifend, Koblet im Fluge zerschmetterte, bis ganz hinunter nach Bormio, das ihm hinter einer Biegung erschien wie eine Oase in einer Fata Morgana.

Die Abfahrt vom Padre ist eine Spazierfahrt, gut zehn weite Kurven, wo man die Pedale locker kreisen lassen kann. Das dachte er, während er sah, wie der Junge aus dem Sattel ging und das Tempo steigerte. So ein Teufelskerl! Was glaubt er denn, sich herausnehmen zu können? Und unterdessen erkennt derjenige, der über den Dämon staunt, daß er übertrieben hat: Mit der Kurve endete mehr als nur seine Erinnerung, und der von der Spazierfahrt aufgewühlte Schotter zwang ihn, die Bremse zu ziehen und zu verlangsamen.

Bei Radrennen wird den Autos jegliche Zufahrt versperrt, wenn man dagegen nur spazierenfährt, um seine Muskeln aufzubauen, kommen sie einem leichtsinnig entgegen. So war es bei Orlando Merighi und seinem Fiat Millecento, Modell weißer Fernseher mit blauem Dach: Er hatte kaum die Zeit, »Hoppla, ist das nicht Coppi?« zu denken, als er auf die Bremse treten und zugleich das Lenkrad herumreißen mußte und mit dem Weißwandreifen am Straßengraben vorbeischrammte, während der Champion vom Sattel des Bianchi rutschte. Er neigte den Metallrahmen nur zur Seite, er, der Rennfahrer, bevor er mit voller Kraft weiterradelte. Merighi stand, von Angst erfüllt, neben der Tür seines Wagens, während in Coppi die Angst gerade erst aufstieg.

Wo ist denn dieser Teufel, schrie es in ihm. Er fuhr noch zwei große Kurven mit diesen Beinen, die nunmehr aus Honig waren. Aufgeheizt von dem heftigen Adrenalinstoß, löste sich die Kraft in ihnen auf und entwich in kleinen Dosen. So erreichte er mit Ach und Krach die Ebene auf der langen Geraden; der Tag war heiter und fast windstill. Die ruhig daliegenden Felder ringsum kamen ihm vor wie eine Grimasse, wie ein Hohn. Dieser Teufelsbraten war verschwunden, und es roch noch nicht einmal mehr nach ihm.

Langsam fuhr er auf das Haus der Mongellis zu und dachte an viele Dinge, an sehr merkwürdige Dinge, an Dinge, die für einen großen Champion schmerzlich sind: Ich bin erledigt, oder es liegt an diesem Jungen, der irgend etwas Besonderes in sich hat? Dennoch: Meine Beine waren gut, die Übersetzung war einwandfrei, und ich kam nicht aus der Puste. Aber dieser andere da saß auf einem Stück verrostetem Metall, zweimal so schwer wie das, das ich unter mir habe, er hatte keine Gangschaltung und fuhr trotzdem wie der Wind, hat mich gezwungen, mir die Beine abzubrechen, um den Berg hinaufzukommen, und als er runtergefahren ist, flog er davon wie ein Gedanke, wie etwas, an das man sich plötzlich wieder erinnert. Dies alles dachte Coppi, während er weiterrollte, an diese Dinge dachte er in seinem Innersten, aber als er Mongelli am Tor sah, schien ihm alles wieder klar, alles kam ihm normal vor – das Haus, der Freund, die frische Luft und das Geräusch des Atems, der vertraute Schweißgeruch. All das schien ihm so klar, daß dieser Junge wirklich ein Traum sein mußte.

Es war nach dem Mittagessen; sie saßen im Sessel, und Mongellis Frau strickte, da fragte Coppi, der kaum einen Fingerhut voll stark gezuckertem Kaffee trank, seinen alten Freund leichthin, was er über die jungen Radrennfahrer aus der Gegend wisse.

»Ach, Fausto, du weißt doch: Hier ist nicht viel los, es gibt ein paar tüchtige Amateure, aber wirkliche Nachwuchshoffnungen, nein, nein, nichts in Sicht. Es gibt da einen aus Mondovì, der kommt ganz gut heraus, ein gewisser Remo Gilardi, achtzehn Jahre alt, auf ebenem Gelände gut, und er ist ein prima Zeitfahrer, aber bergauf schafft er es nicht, da gibt er schnell auf und hält nicht durch bis zum Schluß. Nein, er ist nicht blond, eher dunkel. Ansonsten hab ich keinen mit guten Beinen gesehen, weil es keinen gibt, das versichere ich dir. Leute von deinem Kaliber gibt es hier nicht, nicht einmal ansatzweise, und auch sonst gibt es niemand, der dir das Wasser reichen, ja, auch nur so tun könnte, als ob.«

Am Abend traf auch Cavanna ein, der blinde Biagio Cavanna mit den begnadeten Händen. Sie begrüßten sich sehr freundschaftlich. Sie hatten sich vorgenommen, die eifersüchtigen Geschichten über die weiße Dame, die Signora Giulia, zu vergessen. Ettore Milano war bei ihnen, und sie unterhielten sich über die Zukunft, über den morgigen Tag, den sie in Ruhe verbringen wollten, und dann über die Reise nach Frankreich zum Sechstagerennen.

Coppi begleitete Biagio Cavanna zu seinem Zimmer und fragte, ob er ihn noch in die Mangel nehmen wolle. Der Blinde forderte ihn auf, sich auf das Bett zu legen, und lauschte seinen Händen auf dem Kristall von Coppis Muskeln. Er wußte, daß der Champion mit ihm reden wollte, in diesen Augenblicken sprach er immer von sich und seinen Angelegenheiten. Geradewegs ins Dunkel vor seinen Augen blickend, ließ er die Hände über Coppis Waden fliegen.

»Biagio, sag mir, ob noch Kraft drin ist.«

»Die Kraft, die in deinen Beinen steckt, reicht allemal aus, aber im Kopf hast du einen Gedanken, du hast ein Geräusch von Reifen im Gehirn.«

»Ich hab mein altes schwarzes Aquila gesehen mit einem Dämon drauf, einem blonden Teufel, der mich geärgert hat. Oder vielleicht hab ich nur geträumt, und ich erinnere mich nicht, es gelingt mir einfach nicht, sein Gesicht zu erkennen. Den Padre rauf hab ich versucht, ihn einzuholen, zweimal, aber er ist davongesaust, als wäre er der Wind.«

Cavanna lächelte wie einer, der sehen kann, der sich die Dinge aufgrund eines Gedankens vorstellen kann.

»Teufel sind gefallene Engel«, sagte er zum Champion. »Es sind Leute, die ohne Frieden durch die Welt ziehen. Und dieser da, das ist doch ganz klar, dieser da hat es eilig, um dorthin zurückzukehren, von wo er gekommen ist. Er will kein Wettrennen, er flieht. Du hast schon gegen ganz andere Teufel gekämpft, gegen ganz andere Irre. Gegen Louison Bobet, Koblet, Robić, den Glaskopf. Gegen Magni. Und Van Steenbergen, sag, erinnerst du dich noch? Oder an Gino, den verdammten Toskaner, und Ferdi Kübler, den du eingeholt hast, ehe er sich's versah. Erinnere dich doch an Archambaud, dem du den Rekord abgenommen hast, und an all die anderen, die du hinter deinem Rad in die Reihe gestellt hast. Laß es gut sein, Fausto, der da hatte etwas zu erledigen, der hat andere Sorgen, als an Radrennen zu denken – flüchten muß er.«

Cavannas Hände waren warm, drangen in das Fleisch wie Feuer. Coppi schlief im Handumdrehen ein, schlagartig. Er träumte, er sei am Bahnhof und warte auf einen Zug. Als der dann kam, blieb er überhaupt nicht stehen, und er lief ihm die ganze Nacht hinterher. Der Zug sauste immer zwei oder drei Meter vor ihm her, und statt eines Geräuschs, wie es altes Eisen erzeugt, wenn es über Schienen rollt, war da das Fuuum, Fuuum von Schlauchreifen, das Schleifen von Gummi. Die ganze Nacht verbrachte er mit seiner Verfolgungsjagd.

Am Morgen machte er sich wieder auf zu derselben Runde, und er war zufrieden. Endlich wußte er, auf wen er wartete. Schauen wir einmal, wer du bist, schauen wir, was du so zustande bringst. Heute hängst du mich nicht ab. Heute behalte ich dich im Auge und lasse dich nicht mehr los. In seinem Innern spürte er eine große Kraft und mit dieser unverminderten Kraft kam er zum Rendezvous. Wie immer war die Gabelung leer, wie immer bog er in die Straße ein, mit gespitzten Ohren, wachsam.

Die Träume wehren sich, wenn man sie zerpflücken will, sie sind Berge, versunken im Maischnee, die es zu erklimmen gilt, sie sind vom Schrei verzerrte Gesichter, die du unten, beim Abstieg, verschwommen erkennst, weil dir die Augen vor Kälte und Anstrengung tränen. Sie sind das Stilfser Joch, das dir den Atem raubt, das nur ganz allmählich auf dich zukommt und dich unterwegs zermalmt; die Träume sind eine lächelnde Frau, sind ein Mädchen nach einem Sieg, mit Blumen in der Hand. Die Träume kommen plötzlich, kaum schließt du die Augen und läßt die Zügel schleifen. Träume sind auch ein blonder Junge mit einem dunklen Pullover und einem schweren Aquila, der daherkommt, ehe du an ihn denkst, und dann verschwindet. Die Träume sind ein Fahrrad, auf dem du nicht in die Pedale treten kannst: Sie sind all das, und dennoch sind die Träume nichts. Nichts zu machen.

Er hatte ihn wieder vor sich und ließ nicht locker. Sie legten zusammen den Padre zurück, sämtliche Kehren. Der Junge mit seinem kraftvollen Tritt und

Coppi hinter ihm her. Heute könnte ich ihn auch überholen, sagte er sich, aber er heftete sich an das Rad, wie er es einmal mit Robić gemacht hatte, auf dem Aubisque; er erreichte den Gipfel und stürzte sich dann mit ihm die Abfahrt hinunter. Ein Teufel war dieser Kerl, ein Dämon war er, und Coppi bot all seine Kräfte auf, um ihm auf den Fersen zu bleiben. Er verfolgte ihn in der Ebene, mit hoher Geschwindigkeit, und dort, wo die Straße nach der Brücke abbiegt und wo es rechts zu Mongelli hinaufgeht, dort wandte sich der andere nach unten, auf eine kleine Straße zu, die geradewegs zu einem Bauernhof führte.

Coppi verlangsamte und sah ihn hineinfahren. Dann machte er sich Mut, stieg von seinem Bianchi und ging zu Fuß durch das Tor.

Im Hof war auch der Junge abgestiegen, er stand in einer Tür und redete mit einer älteren Frau, vielleicht seiner Mutter.

Jetzt stelle ich mich vor, dann werden wir ja sehen, dachte Coppi und trat näher. Er nahm die Kappe und die Brille ab, wie man es unter anständigen Menschen tut, und bereitete sich darauf vor, die Hand auszustrecken, um seinen Namen zu sagen und Erklärungen zu verlangen.

»Guten Tag, Signor Coppi, ich habe Sie schon erwartet«, sagte der Junge, und das verblüffte Fausto, und während er ihn noch ansah, um sein eigenes Staunen zu begreifen, ging der andere ins Haus und machte ihm ein Zeichen, ihm zu folgen.

Coppi murmelte ein »Entschuldigung!« zu der Frau

hin und trat in das Dunkel, das im Innern herrschte; draußen schien die Sonne, deshalb brauchte er einen Moment, um überhaupt etwas zu sehen, um sich an das Halbdämmer des Zimmers zu gewöhnen, und er erkannte nach und nach eine ordentliche, aber ärmliche Küche, wie die Küchen auf dem Land eben sind. Er sah einen Backtrog, der ihn an seine Mutter denken ließ, genau von der Art wie alle Backtröge in dieser Gegend, dazu einen Vorratsschrank aus Kirschbaumholz mit Glasfensterchen. An der anderen Wand sah er Photos von sich mit aus der Zeitung geschnittenen Überschriften: Coppi, der Sieger des Giro. Der König vom Stilfser Joch. Ein Mann allein in Führung. Die Tour gehört uns.

Dann sah er einen Lehnstuhl, und auf diesem etwas, was schwer zu erfassen war: vielleicht ein Mensch, vielleicht etwas anderes. Ein Wesen mit einem riesigen Kopf, einer hohen Stirn ohne ein einziges Haar. Und zwei Augen aus Wasser über einem schmalen Mund. Zwei plumpe Arme und fast keine Beine. Die Stimme des Jungen riß ihn aus seiner Verlegenheit.

»Schau, Felice, Signor Coppi ist gekommen, um dich zu besuchen.«

Das sitzende Wesen streckte langsam die Hand aus und berührte den Champion, der näher getreten war. Coppi fühlte sein Streicheln, die vertraute Wärme der Bewunderung.

Für ihn war es damals ganz selbstverständlich, sich in dieser Stille und in diesem Halbdämmer das Trikot auszuziehen, verschwitzt und ausgefranst, wie es war, vielleicht auch ausgeblichen. Er überreichte es ihm, und Felice nahm das Geschenk an, ohne etwas zu sagen, nur ein leichtes Ächzen entfuhr ihm, und um den Mund herum lag so etwas wie ein Lächeln; die Augen hatte er noch immer starr auf den Mann gerichtet.

Coppi sah sich selbst, wie er so aufrecht dastand, mit seiner entblößten Brust, dieser seltsamen kielförmigen Fasanenbrust, die, hätte sie nicht für einen Champion getaugt, eine Beleidigung gewesen wäre. Und dann machte er eine Bewegung, um das Mitleid zu bewältigen, das er verspürte, für sich und für jenes lächelnde Ding, das dasaß und ihn anstarrte: Er hob nur eine Hand, ganz langsam, deutete ein Winken an, und beim Hinausgehen nahm er den dicken Pullover an, den der blonde Junge ihm hinstreckte.

»Danke«, sagte der Junge. »Danke für alles. Felice ist ein großer Verehrer von Ihnen. Er hört sämtliche Reportagen im Radio und möchte, daß ich ihm immer alles über Sie und Ihre Glanztaten vorlese. Er spricht nur mit den Augen, weil er Wasser im Kopf hat. Aber wenn Sie siegen, da freut er sich aufrichtig, er schaut das Radio an, als wären Sie im Haus, er starrt darauf und sieht alles, die Berge, die Straßen, die Ausreißer, jede Bewegung.«

Coppi wandte den Blick ab, verlegen.

»Das ist doch nicht der Rede wert«, sagte er zu dem Jungen. »Dafür braucht man sich wirklich nicht zu bedanken.«

Die Landschaft ringsum schwieg, und zwischen den beiden Männern stockte die Unterhaltung.

Da sah Coppi das an die Mauer gelehnte Aquila und wandte sich an den Jungen, um ihn ein wenig auszufragen.

»Warum bist du kein Radfahrer? Du bist ja schnell wie ein D-Zug!«

»Ich fahre jeden Tag, bis hinunter zur Backstube. Und dann klettere ich den Padre hinauf, so schnell ich kann, weil meine Mutter allein ist und mich braucht, wegen meinem Bruder.«

»Nein, ich wollte sagen: Warum fährst du keine Rennen? Warum nimmst du nicht an Radrennen teil, du hast doch das Zeug zum Champion«, sagte Coppi und war gar nicht mehr verlegen.

Der Junge lächelte bloß und antwortete: »Nein, danke, Signor Coppi. Ich mach schon genug. Für das Rennen gibt es ja Sie, für alle. Sie sind zum Siegen geboren. Ich muß etwas anderes tun.«

Das sagte er und winkte dem Champion zu, und schon war er im Haus verschwunden.

Alles lag schweigend da, rundum war alles still. Die Felder hörten nur das Geräusch, das Coppi machte, als er auf sein Fahrrad stieg, nur Coppi verursachte ein Geräusch, als er in die Pedale trat.

Frankreich ging im Null Komma nichts vorbei und damit die sechs Tage auf der Rennstrecke mit all den Etappen und dem schnellen Geld, das er in seinen Bauernhof stecken würde. Coppi erledigte jeden Tag seinen Job, er ließ seine Beine kreisen und trat in die Pedale. Aber eine fixe Idee ergriff von ihm Besitz, der Gedanke, daß dieser Junge ein Champion war, das Bild von seinem Rücken auf dem Padre, die rasante Abfahrt, die schnelle Fahrt in der Ebene. Er hätte mit diesem Dämon ernsthaft reden sollen, ihn zum Wohl seines Bruders überzeugen sollen. Er würde ihn in seine Mannschaft aufnehmen, er würde ihn betreuen, er würde bestimmt einen guten Rennfahrer aus ihm machen, wohlhabend und geachtet, wie es sich gehört. Er würde sich selbst und viele andere glücklich machen.

Er kehrte frohen Herzens nach Italien zurück, überzeugt, daß die Zukunft weniger bitter sein würde. Das Erbe seiner Sprunggelenke diesem blonden Jungen und dessen Bruder hinterlassen. Also überredete er, gleich nach seiner Rückkehr nach Castellania, Ettore Milano zu einer Trainingsfahrt mit dem Motorrad. Er sagte ihm, daß sie die Runde bis zu den Mongellis verlängern würden, weil er eine Überraschung in petto habe, die alle glücklich machen würde.

Es war der 14. März, und Coppi war froh. Der kleine Faustino wuchs und gedieh und wurde immer hübscher. Er würde bald ein zweites Kind haben, jemand, dem er seinen Kummer würde erklären können. So radelte er mit heftigem Tritt hinter dem Derny her, und Ettore Milano legte ein ordentliches Tempo vor, damit er seine Beine trainierte und dabei regelmäßig atmete.

Es war auf der Staatsstraße von Alessandria – die Zeitungen schreiben heute noch davon –, als Coppi etwas Neues klar wurde: Er war unterwegs, um einen Namenlosen zu finden, denn er hatte in dieser ganzen merkwürdigen Geschichte dem Jungen nie einen Namen gegeben. Aber er war so entschlossen, in seinem Gedächtnis zu kramen, sich zu erinnern, ob er ihm denn tatsächlich seinen Namen genannt hatte, daß er bei Spinetta Marengo, auf der geraden Strecke, den Traktor auf der Straße nicht bemerkte. Milano sah ihn aus einem Fahrweg herausbiegen und wich mit großem Abstand aus, machte einen weiten Bogen und war überzeugt, daß der Champion aufpassen und seinem Manöver mit Leichtigkeit folgen werde. Doch Coppi war in Gedanken bei dem Jungen, er suchte in seinem Kopf nach seinem Namen und fuhr voll in den Traktor hinein, mit höchster Geschwindigkeit, und verlor sofort das Bewußtsein, ohne einen Schrei zu tun.

Es vergingen Tage der Sorge, der Aufprall war heftig gewesen, auch wenn Coppi sich nichts gebrochen hatte. Die Gehirnerschütterung klang schließlich ab, und nach einer gewissen Zeit kehrte er nach Hause zurück.

Erst viel später, an jenem Dezembertag, an dem Coppi sich mit Geminiani über seine Reise nach Afrika unterhalten hatte, wo die Jagd und die Malaria auf ihn warteten, rief er Mongelli an, um sich von ihm zu verabschieden, und da tauchte wieder das Gesicht des Jungen auf, plötzlich kehrte er aus dem Nebel, in den ihn der jähe Zusammenprall mit dem Traktor versenkt hatte, in seinen Kopf zurück.

Er ließ sich im Auto hinfahren, dieses eine Mal, er ließ sich zum Padre begleiten, und nach dem Abstieg blieb er bei Felices Bauernhof stehen.

Er klopfte an die Tür, und niemand antwortete. Dann drehte er eine Runde zu den Feldern, wo ein Mann auf dem Acker arbeitete, und fragte ihn nach Neuigkeiten von dem blonden Jungen und der Frau.

»Nicht mehr da«, lautete die Antwort, »seit fast einem Monat. Die Backstube hat dichtgemacht, und sie sind in Australien, um dort ihr Glück zu suchen, wie so viele. Das Land hier ist karg, und das Unglück lauert überall.«

»Und der andere, der Bruder?« fragte Coppi zögernd. »Der Kranke?«

»Felice. Meinen Sie Felice? Nein, der nicht«, der Mann schüttelte den Kopf. »Der ist hiergeblieben, da unten, der hat sich nicht von der Stelle bewegt.«

»Und wo kann ich ihn antreffen? Würden Sie mir das freundlicherweise sagen?«

Der Alte fuhr sich mit der Hand über das Gesicht, als wolle er ein wenig von seiner Müdigkeit wegwischen. Unterdessen blickte er Coppi unverwandt in die Augen, sah ihn ganz lange an, ohne etwas zu sagen. Schließlich drehte er den Kopf nach rechts, schaute auf ein Hügelchen, streckte einen Arm und einen Finger aus und sagte, er sei da, dort unten.

»Da, wo die Eiche ist.«

Coppi bedankte sich, machte sich auf den Weg und gab Milano ein Zeichen, daß er noch warten solle. Vom Weg aus sah man den Baum, und es schien nicht weit zu sein. Er ging über den Kamm und sah die Eiche und hinter der Eiche eine zerfallende Mauer. Darin eine eiserne Tür, die angelehnt war. Er drückte dagegen und betrat die Einfriedung.

Es war kein Hof, aber es waren Kreuze da und ein paar Marmorsteine mit kleinen Skulpturen. Also ein winziger, für einen Weiler typischer Friedhof, der gleichermaßen Ruhe und Traurigkeit verströmte.

Ohne Hast ließ Coppi seinen Blick schweifen, und sofort stach ihm sein Trikot ins Auge. Das farbige Trikot seiner Wettfahrten war um einen Marmorstein geknotet. Unter dem Stein frische Erde, kaum befestigt, und ein paar Blümchen darauf.

Da streckte er die Hand aus und hob langsam einen Zipfel hoch. Auf dem Stein war kein Photo, weil es nicht gut ist, Monster zu photographieren.

Es gab nur eine Inschrift, die eingemeißelten Buchstaben sorgfältig mit Gold ausgemalt. Sie lautete:

RIPOSA
FELICE
ANGELO
IL CAMPIONE

Die Bahnen des Lebens

Im Herbst 1933 kam es am Circuito di Pescara zu
einer Begegnung zwischen Jerôme Blanchot und
Enzo Ferrari. Die beiden drückten einander die Hand
und sprachen lange über Autos und Rennfahrer. Es
war noch die Zeit der staubigen Straßen und impo-
santen Wagen, die robust waren wie Schränke. Aus
den Motoren, schwarzen Skulpturen, wie mit der
Axt behauene Stahlblöcke, stiegen Geräusche auf,
hinter denen sich Dutzende von Pferdestärken ver-
bargen. Kaum vorstellbar, daß sich diese eindrucks-
vollen Panzer, die so viel Luft verdrängen mußten,
auf ihren riesigen marmorschweren Rädern wirklich
schnell fortbewegen konnten.

Kurz zuvor war in Modena, am Viale Trento Trie-
ste, die Scuderia Ferrari gegründet worden, nicht
viel mehr als eine Garage mit vier roten Alfa Romeos, die auf der Jagd nach Ruhm über die Rennpi-
sten rasen sollten. Ferrari selbst hatte um der Zukunft seines Sohnes Dino willen den Rennsport aufgegeben. Wenn Dino auch keine große Zukunft be-
schieden sein sollte, so hatte der Vater doch die größten Asse seiner Zeit an sich gebunden, jene Helden,
die, als sich die Mutterfirma von den Autorennen
verabschiedete, Alfa den Rücken gekehrt hatten –

Nuvolari und Varzi. Diese Namen allein genügen, um zu erklären, warum dem Namen, der unter dem Pferdchen von Baracca geschrieben stand, die Herzen von Anfang an zuflogen.

Vielleicht auch deswegen sprach Blanchot an jenem Nachmittag in Pescara mit dem Mann aus Modena über einen Piloten, der zwar noch sehr jung war, aber, wie er Ferrari erzählte, »einen Fuß wie eine Bombe hat und trotzdem wie mit dem Pinsel eines Malers über die Piste streicht«. Sein Vater war ein nach Algerien ausgewanderter Franzose, die Mutter Spanierin, überaus faszinierend. Aus dieser Verbindung war ein Sohn hervorgegangen, der afrikanische und Pariser Luft geatmet, spanische Milch getrunken und die Sonnenuntergänge der Wüste gesehen hatte.

Ein Handschlag reichte aus, ein Augenblick genügte.

Ein paar Wochen später hatte Ferrari am Viale Trento tatsächlich einen jungen Burschen mit Lederjacke vor sich, ein Tüchlein um den Hals. Er hielt seine Zigarette wie einen Bleistift in der Hand, und in Ferraris Augen zeugte das nicht gerade von einer guten Kinderstube. Aber er hatte angenehme und zugleich stolze Umgangsformen, und er machte nicht viele Worte, genau so, wie es sich gehört zwischen zwei Männern, von denen der eine über einen Rennwagen verfügt und der andere über die Fähigkeit, ihn zu lenken. Sie besprachen nicht viel, denn auch der Mann aus Modena war kein Freund vieler Worte und fühlte sich an den Handschlag mit Blan-

chot wahrscheinlich nur aus Rücksicht auf die Sach-
kenntnis eines Mannes gebunden, den er persönlich
schätzte. Der Junge, Guy Moll, war ihm zwar unbe-
kannt, aber er vertraute ihm dennoch einen Alfa aus
seinem Bestand an und ließ ihn im Rennen von
Monte Carlo starten. Es war der 2. April 1934.

Die Rennstrecke war kein Klacks, sowenig wie
heute: drei Kilometer, auf denen es einhundertacht-
zigmal bergauf und bergab ging, wie ein Karussell,
aber noch ohne all die Schikanen, die man sich später ausgedacht hat. Resolut bogen die Piloten mit
ihren siebenhundertfünfzig Kilo schweren Boliden
in die Gäßchen ein, hinter gewaltigen Lenkrädern,
die sich nur mit großer Kraft drehen ließen. Ohne
das ganze elektronische Teufelswerk von heute, dieses Zauberzeug. Statt dessen Hebel und Hämmer,
Ölspritzer und Schmierfett, riesige Fliegerbrillen
über Pilotenhauben, die wenig Schutz boten.

Guy tat sich bei den Trainingsfahrten nicht groß
hervor, aber er hatte ja auch berühmte Leute vor
sich, alte Füchse, während er kaum mehr als ein blu-
tiger Anfänger war. Da waren Graf Trossi, ein anderer Ferrarifahrer, der das Tempo vorgab, und Chiron,
ein *enfant du pays*, Varzi, bereits ein Mythos, und
Dreyfus im Bugatti, der neben Trossi aus der ersten
Reihe starten sollte. Sechs Alfa Romeos, fünf Mase-
ratis und vier Bugattis, das war alles auf der Rennstrecke, und sie fuhren los, um ihre hundert Runden
zu drehen, alles andere als ein Kinderspiel. Auf dieser Achterbahn schrammten sie an den Häusern vorbei, verschluckten den Raum wie nichts und stauch-

ten die Zeit zusammen, gegen ihre gewaltigen Sitze gepreßt, geschützt nur gegen den Fahrtwind. Wind und Anstrengung.

Dreyfus schob sich schon bald an die Spitze und blieb lange in Führung, gefolgt von Chiron, der aufholte. Von der Box aus nahm Ferrari den Jungen ins Visier und bemerkte, daß er ein bißchen unsicher war, und am Anfang hatte er wohl richtig Angst. In Monte Carlo braucht man Mumm und außer Mumm auch Kraft, denn nach einer Stunde Wettkampf spürt man weder seine Beine noch seine Hände, es existiert überhaupt nichts mehr, man ist nur noch umgeben vom Lärm und der peitschenden Luft, und gerade dann, wenn man noch ein Milchgesicht hat, macht sich die Geschwindigkeit einen Spaß daraus, einem heftig zuzusetzen.

Nach den ersten Runden merkte er, daß Guy neuen Mut gefaßt hatte, daß das Geräusch des Alfas voller tönte – so wie einer lacht, der sich über einen schönen Tag freut. Es kam ihm vor, als hörte er es aus einem Getöse emporquellen, das vom Untergrund der Piste aufstieg. Er verließ die Box und begab sich hinunter zum Gasometer, zu der scharfen Kurve, und da gefror ihm das Lächeln, denn er sah seinen Piloten wie einen Wahnsinnigen daherrasen und hörte die Leute auf der Tribüne aufschreien, weil sie fest damit rechneten, daß es ihn von der Straße werfen würde, und sie warteten schon auf das Krachen und die Explosion. Auch Ferrari hatte das Gefühl, verloren zu sein; derart verwegen richtete sich die Front des Wagens nach innen, und so wahnsinnig donnerte der Motor, daß das Quietschen der Bremsen nicht zu hören war.

Instinktiv suchte sein Blick Guys Gesicht, das ihm jedoch ruhig erschien, ja, er meinte sogar ein Lächeln aufzufangen von diesem Gesicht, das der Fahrer vorstreckte, um der Straße zu folgen. Er sah, wie der Wagen ins Schleudern geriet, wie er gerade noch an einem Innenpfosten jener gräßlichen Kurve vorbeischrammte und wie der Fahrer ihn dann wieder geradeaus zwang und in die richtige Position brachte, um die gerade Strecke entlangzusausen.

Er macht es wie Nuvolari, dachte Ferrari, er macht es wie Tazio, dieses unverwechselbare In-die-Kurve-Rutschen, das nur Tazio beherrscht und das Verwegenheit, Kampfeslust und Unbekümmertheit verrät, Eigenschaften eines Menschen, der das Zeug zum Künstler in sich trägt. Aufgewühlt kehrte er zum Ziel zurück, um das Rennen weiterzuverfolgen, überzeugt, das Talent eines Champions entdeckt zu haben, überzeugt, ihn verstanden zu haben.

Mittlerweile war René Dreyfus vorbeigerast, vor ihm aber sauste Chiron dem Sieg entgegen. Louis Chiron war Monegasse, und jetzt, da das Rennen sich dem Ende näherte und die Uhr unaufhaltsam weitertickte, grüßte er sogar die Menge, die hinter den Absperrungen johlte, winkte zur Feier des Tages dem Hotel Mirabeau zu, und bei St. Devote schickte er noch ein Küßchen in die Ränge hinauf.

Unterdessen jedoch rutschte Guy durch die Kurven und tanzte im Auf und Ab der Piste seinen rasanten Tango. In den Berichten heißt es, es sei für Chiron ein Schlag gewesen, als er es bemerkte, als er sah, daß die Leute in Unruhe gerieten, und zwar nicht weil sie ihm zuwinkten, sondern weil sie verblüfft waren und Alarm schlagen wollten, war da doch dieses rote Ding, das ihn beinahe donnernd bedrängte.

Dieser Mann, Chiron, wurde seinem bereits gefestigten Ruf als Champion nicht gerecht – vielleicht regte er sich über den Lärm in seinem Rücken auf, vielleicht war es aber nur ein Mißgeschick, jedenfalls geriet er in der letzten Runde, auf dem abschüssigen Stück auf der Höhe des Mirabeau, wo er zuvor noch gewinkt hatte, auf einen Ölfleck und schoß geradewegs in die Sandsäcke. Ins Ziel fuhr allein Moll, der den Mechanikern und den Zuschauern nur knapp zulächelte. Und Ferrari, der ihm entgegenlief und ihn fragte, wo zum Teufel er diese Kurventechnik, wie gemalt, gelernt habe, gab er eine flapsige Antwort, ganz im Stil eines Mannes, der auf diese Weise mit den Autos tanzt.

»In Afrika, als Kind, Monsieur, als ich Kamele hütete.«

Aber während des Rennens von Montenero schloß Ferrari den Jungen ins Herz, und das, was dieser an den Tag legte, ließ ihm für alle Zeit das Blut in den Adern gefrieren.

Moll war hinter Varzi, seinem Teamkollegen, wie eine Rakete losgeschossen und hatte ihn in einer Kurve außen überholt, als würde er seit Jahr und Tag nichts anderes tun. Nach wenigen Runden hängte er ihn klar ab, aber die Rede ist hier, bitte sehr, von

Varzi, Achille, nicht von irgend jemandem. Dann platzte dem Jungen ein Reifen, und er mußte zur Reparatur in die Box fahren.

Ferrari war unterdessen hin und her gerissen zwischen der Begeisterung für seinen neuen Piloten, der wahre Wunder vollbrachte, und der Sorge vor der Reaktion des anderen, des Champions, der nervös und ichbezogen war wie jedes Rassepferd. Er hätte gern etwas zu Moll gesagt, unterließ es aber, die Panne hatte ihn schon in Rückstand gebracht, und ein kluger Mannschaftskapitän ist gut beraten, wenn er mit dem Messer nicht allzusehr in der Wunde herumstochert.

Aber er hatte nicht mit dem Ungestüm des Jungen gerechnet, mit seiner Lust, ins Ziel zu kommen: Blitzschnell schoß er aus der Box heraus und war Varzi schon nach einer Runde wieder dicht auf den Fersen, um sich mit ihm ein Duell zu liefern. Achille war eine Klasse für sich und keineswegs bereit, seinem Verfolger freie Fahrt zu lassen. Wer die beiden am Lenkrad sah, bekam an jenem Tag etwas Schönes geboten, wie der Meister mit dem hochgezogenen Heck mit dem anderen Piloten mühsam um den Platz rang, mit diesem Jungen, der im Heranpressen bis zu diesem Zeitpunkt undenkbare Bahnen auf die Piste zeichnete und ohne Fehler, ohne Zögern die Kurven nahm.

In seiner Eigenschaft als Mannschaftskapitän entschied nun Ferrari für die beiden. Er sagte sich, daß es nicht gut sei, unter Kameraden Leben und Sieg zu riskieren, daß es nicht moralisch sei, sich unter Brüdern zu bekriegen, daß das falsch sei. Kurzum, so etwas tut man nicht. Also hielt er das Schild »Gas weg!« bereit, fest entschlossen, es Guy hinzuhalten, wenn er das nächstemal vorbeifuhr.

Mit diesem Vorsatz, das Schild in der Hand, sah er, wie Varzi herandonnerte und hinter ihm Guy Moll, der ihn hart bedrängte. Aber mitten in der Kurve, als der erste bereits vorbeigeflitzt war, fing Guys Wagen zu tanzen an, drehte sich in einem Wahnsinnswalzer, kreiselte von der Front zum Heck und auf einen Knall zu, aber statt daß sein Körper vor Angst erstarrte, vollführte der Junge vor der Box eine ganze Umdrehung, und noch während er sich drehte, winkte er Ferrari fast einen Gruß zu: Er sah das Schild, begriff, was das bedeutete, und machte dann mit der Hand, immer noch tanzend, ein Zeichen, um ihn auf der ganzen Linie zu beruhigen. Alles klar, es stand nicht dafür. Er hatte begriffen. Er vollendete seine Umdrehung, indem er das Lenkrad herumriß, und fuhr dann gerade und ruhig weiter, um sein Rennen als zweiter hinter Varzi zu beenden.

Ferrari blieb ungläubig an der Box stehen: Noch nie hatte er erlebt, daß jemand so etwas fertigbrachte – kaltes Blut, die Ruhe und obendrein noch einen kühlen Kopf zu bewahren, während sich die Welt um ihn herum mit hundert Sachen drehte. Er begriff, er war überzeugt, daß Moll das Zeug zum Champion hatte; er begriff, aus welchem Holz dieser Mann war, spürte aber zugleich einen Schauer, der ihn traurig stimmte: Weil die Gefahr nicht in seiner Waghalsigkeit lag, sondern in der Tatsache, daß die anderen so klein waren im Vergleich zu ihm, daß er die Kurven so genial nahm und gegen die Mittelmäßigkeit derer anrennen würde, die neben ihm fuhren.

Mit einem Herzen, das schwer war von diesem Gefühl, ging Ferrari, fast wie ein Vater, nach dem Rennen zu Guy in die Box. Um ihn zu beglückwünschen, gewiß, aber auch, um mit ihm über das zu reden, was er im Grunde seiner Seele empfunden hatte. Die Mechaniker brachten alles wieder in Ordnung, und die Atmosphäre war fröhlich. Die Schulter an die Mauer gelehnt, sah Guy ihnen zu und hielt in der Hand eine Zigarette wie einen Bleistift, mit den Fingerkuppen. Ferrari blickte ihm in die Augen und sagte: »Bravo, aber paß auf, was du machst, denn um dich herum ist die Welt, und die Welt hat Grenzen; sie besteht aus banalen und oft auch aus bösen Dingen. Versuch, das im Auge zu behalten und abzuschätzen, wo die Kurve anfängt und wo sie endet, erkenne, wen du neben dir hast und wer dir zuschaut.«

Moll sah ihn an durch den grauen Rauch, der sich um ihn kräuselte, und machte mit der Zigarette ein vages Zeichen durch die Luft.

»Ich beschreibe nur Bahnen, Monsieur Ferrari, und versuche, sie so zu zeichnen, wie es mir richtig erscheint. Kaum gezeichnet, entschwinden sie, ohne eine Spur zu hinterlassen. Wie meine Zigarette. Ich kann nicht anders, ich muß auf diese Weise meine Runden drehen, ich lege meinen Weg zurück, indem ich einen Zug tue, und dann lasse ich den Rauch frei in den Himmel steigen. Soll er doch ziehen, wohin er will.«

Nur wenige Wochen später waren die Piloten in Pescara zum Gran Premio versammelt, zur Coppa Acerbo, und es war August. Guy ließ den Alfa in Richtung Montesilvano gleiten und zeichnete seine Bahnen auf die Straße. Man fand nie heraus, wie es tatsächlich geschehen war, sowenig wie beim Rauch, der in den Himmel aufsteigt, und es gelang auch nicht, die Spuren der Begebenheit zu verfolgen. Was blieb, waren lediglich die konfusen Worte Ernst Hennes, der in seinem silbernen Mercedes vor ihm fuhr und ihn kommen sah, seinen Motor heulen hörte. Guy, der an ihm vorbeischoß und sich dabei um die eigene Achse drehte. Wie in einem Traum sah er ihn davonbrausen. Der Alfa überschlug sich am Straßenrand, und der Junge kam auf jener Straße zum Stehen; durch eine seltsame Fügung des Schicksals blieb er für immer in Pescara, genau dort, wo Blanchot ihn zum allererstenmal erwähnt hatte.

Ferrari setzte sein Leben als Rennleiter fort. Die Geschichte ist bekannt: Er gab anderen Piloten eine Chance, er sah andere kommen und gehen, und vielleicht verhielt er sich wirklich wie ein Vater, auch wenn ihn jemand als bösen Saturnus bezeichnete. Leiblicher Vater aber war er von einem Sohn, von Dino, um dessentwillen er, wie gesagt, einer rationalen Entscheidung folgend, selbst mit der Rennfahrerei aufgehört hatte.

Dino war krank und starb früh. Er litt an einer viralen Niereninfektion, die ihn lange ans Bett fesselte, und an seinem Bett rang der Vater monatelang mit ihm und bediente sich seines Verstandes. Wahrscheinlich redete er sich ein, daß sein Sohn wie eines seiner Autos sei, wie einer seiner Motoren, und daß man das Getriebe wiederherrichten könne, daß es nur überholt werden müsse. Ferrari führte Notizhefte, in denen er den Heilplan aufstellte, er trug Werte und Befunde ein, erstellte Listen und Diagramme, zeichnete Graphiken. Er umriß Kurven.

Am Abend des 30. Juni 1956 schrieb er einen letzten Satz: »Das Spiel ist verloren«, dann klappte er das Notizbuch zu wie nach dem Abschluß eines Rennens. Er notierte das Datum und rechnete im Kopf nach: vierundzwanzig Jahre. Wie Guy Moll. Genauso alt wie Guy.

War es wegen dieser Übereinstimmung oder wegen des Magischen, das den Zufällen innewohnt und das wir in unserem Kopf verbergen, das wir nicht sehen, nicht sehen wollen? Jedenfalls bemerkte Ferrari, als er aus dem Zimmer trat, in dem Dino lag, den Doktor Santoni: eine Schulter gegen die Wand gelehnt, in der Hand eine Zigarette, die er wie einen Bleistift hielt.

In diesem fast dunklen Korridor fiel der letzte Lichtstrahl durch das Fenster auf den emporsteigenden Rauch, und Ferrari sah, daß er tanzte, während er sich nach oben wand, sich in einem endlosen Tanz drehte, Kurven in der Luft vollführte, kreiselte, flüchtete und mit Kringeln und Schnörkeln die filigranen Bahnen des Lebens nachzeichnete.

Die Unbesiegbaren

Unsterblich zu sein
ist bedeutungslos ...
J. L. BORGES

Am Nachmittag des 4. Mai 1949 betrat Don Tancredi Ricca sein im ersten Stock des Klosters der Basilica di Superga gelegenes Zimmer. Er goß etwas Wasser in die Schüssel seiner alten Waschgarnitur aus Email und klatschte es sich mit beiden Händen ins Gesicht. Er hatte Mühe zu atmen und spürte ein Feuer auf seiner Haut, als hätte er die letzten Stunden nicht innerhalb dieses alten Gemäuers verbracht, sondern im Freien bei einem langen Dauerlauf, das Gesicht Sonne und Wind ausgesetzt. Er trocknete sich sorgfältig ab und atmete tief durch; dann setzte er sich auf das Bett und legte den Handrücken an die Stirn, so wie man es tut, wenn man seine Temperatur fühlen will. Die Haut war kühl, doch das Hitzegefühl wollte nicht weichen. Er stand auf, trat ans Fenster und sah hinaus auf das Hügelland von Asti: Regen und tiefhängender Nebel schienen ihn noch mehr zu bedrücken.

In diesem Augenblick erinnerte er sich an seine Mutter: Er hörte ihre Stimme ganz klar im Zimmer, und einen Moment lang war er auch sicher, eine Hand zu spüren, die ihn streichelte. Wie schön wäre es jetzt, krank zu werden, dachte er, hohes Fieber zu haben und sich unter der Decke gehenlassen zu dürfen und zu warten, bis jene Hand wirklich kommt und ihm eine Liebkosung schenkt. Und die Stimme, die ihn aufmuntert. Er würde mit geschlossenen Augen auf sie warten, auf den Augenblick, in dem sie ihm den Puls fühlen und dann das zerknitterte Laken anheben, es mit wenigen geschickten Handgriffen über ihn ziehen und die Welt für einen Moment vor ihm verstecken würde; und dann wäre alles von dem weißen Licht des Leinens zugedeckt, bis schließlich auf einen Wink dieser Zauberhand hin die Wände des Zimmers und das Leben wieder vor ihm erscheinen würden, klar und wohlgeordnet.

Er verharrte noch einen Augenblick bei jenen fernen Erinnerungen und blickte um sich, als betrachte er zum erstenmal die wenigen Dinge, die ihn nun schon seit vielen Jahren begleiteten: das kleine Tischchen aus Kirschbaumholz, das als Schreibtisch diente, das Betpult, das Waschgeschirr aus Email, das Bett, auf dem er saß, und an der Wand neben der Tür das Regal mit seinen geliebten Büchern. Diese schlichten Dinge schienen auf ihn zu warten, stumm und ewig gleich, Tag für Tag. Er dachte an die Welt draußen, an den Krieg, der noch nicht lange vorbei war, an dieses Siegesversprechen, das viele mit einem durchtrennten Lebensfaden, mit Elend und mit Trümmern bezahlt hatten. Die halbe Welt war eingestürzt, aber seine paar Habseligkeiten waren dort geblieben, wo sie immer gewesen waren, zusammen mit ihm, um Tag für Tag abzuwarten, bis der Sturm vorüberzog, und er war dankbar dafür.

Er stand langsam auf, ging zum Schreibtisch und

fuhr mit der Hand über die Oberfläche, als wollte er
einen Staubschleier entfernen, aber insgeheim lächelte er, weil er wußte, daß er ihn streichelte. Dann
stellte er sich vor das Bücherregal und strich mit
dem Zeigefinger der Reihe nach über die Rücken
der Bücher, verweilte bei jedem einen Augenblick,
als rufe er sie einzeln auf: Balzac, Stendhal, Berna-
nos, Petrarca, Leopardi, Manzoni … Bei jedem Namen hatte er das Gefühl, einem Bekannten die Hand
zu drücken, einem alten Freund, mit dem er eine
schöne Zeit verbracht hatte, und das leise Erinnern
und der zärtliche Gedanke an die vertrauten Geschichten besänftigten seinen Atem, bis Don Ricca
spürte, daß das Feuer aus seinem Gesicht wich, und
einen Moment lang fühlte er sich wohl glücklich.

Doch als er bei Borges angekommen war, kehrte
die Unruhe zurück: Wie war er nur zwischen Cer-
vantes und Lazarillo geraten, dieser Band mit dem
beschädigten Rücken? Und außerdem, dieser merkwürdige Titel: *Die Unbesiegbaren*! Er zog ihn vorsichtig heraus. Der Einband war weiß und zerfetzt,
mit dunklen Brandflecken, als hätten Flammen ihn
angesengt. Er konnte sich beim besten Willen nicht
erinnern, jemals etwas von diesem Autor gelesen zu
haben, und er entsann sich auch nicht, das Buch von
einem Mitbruder bekommen zu haben, mit dem er
gewöhnlich seinen Lesestoff austauschte. So packte
ihn die Neugierde, die Lust zu verstehen. Er ging
zum Schreibtisch, schaltete die Lampe ein, legte das
Buch vorsichtig hin und begann, es durchzublättern.
Oben auf der Seite 43, die vom Rauch geschwärzt

war, erkannte er undeutlich ein Wort, wahrscheinlich der Titel einer Geschichte, deren erste Sätze fol-
gendermaßen lauteten:

»Wer jeden Morgen in den Zeitungen blättert, tut
das, um sie wieder zu vergessen, oder wegen des
beiläufigen Gesprächs am Nachmittag, und deshalb
ist es kein Wunder, daß niemand, oder höchstens
in einem Traum, sich an das erinnert, was an jenem
Nachmittag geschah, als es dem kleinen Redakteur,
der ich bin, oblag, einen Bericht zu schreiben,
für den er nun unablässig die Geschichte seines To-
des erzählen muß. Und wem auch immer es zufällt,
eines Tages diese meine wenigen Zeilen zu lesen,
möge nicht an einen Kunstgriff oder an einen Irrtum glauben – jedenfalls nicht in größerem Um-
fang, als unser aller Leben selbst ein Irrtum oder ein
Kunstgriff ist.«

Im ersten Moment war Don Ricca versucht, das
Buch zuzuklappen und sich einem anderen zuzu-
wenden. Geschichten dieser Art hatten ihn immer
schon beunruhigt, und er glaubte, sich ausgerechnet
heute keine weitere Aufregung zumuten zu können:
Er verspürte bereits genug Unruhe, und zwar eine
von der übleren, von dieser entsetzlichen Art, deren
Grund und Ursache man nicht kennt.

Gütiger Gott! Der Tod ist der Tod, dachte er, und
vielleicht ist es nicht einmal in der Fiktion gut, die
Ordnung der Welt allzusehr umzukrempeln. Doch
er legte den Band nicht weg, sondern blieb, weil uns
eben just die Dinge locken, die uns beunruhigen, vor
diesen aufgeschlagenen Seiten sitzen, gleichsam als

warte er auf seinen Mut, bis er, nach ein paar Minuten, den Blick senkte und weiterlas.

»Mein Name ist, sofern dies etwas zur Sache tut, Luvanor Cruz, und ich bin Sportreporter bei *El Gráfico* in Buenos Aires. Lassen Sie sich nicht durch die Bescheidenheit dieses Berufs täuschen: Von den Heldentaten der Athleten zu erzählen ist keine geringere Übung in epischem Schreiben, als etwa die Geschicke des Odysseus und seiner Insel Ithaka zu kommentieren. Ich habe Shakespeare und Brahms wegen der unendlichen Vielfältigkeit ihrer Welt geliebt, und wenn ich meine Zeit damit verbracht habe, das raffinierte Spiel eines Schiaffino zu beschreiben, dann sollten Sie wissen, daß ich es oft mit demselben unvergleichlichen Vergnügen getan habe, das einem die Lektüre eines Verses oder das Hören einer Symphonie bereitet. Im übrigen muß man kein Literat sein, um in den Flugbahnen, die ein von Di Stéfano getretener Ball zurücklegt, die ergreifende Vollkommenheit eines elffüßigen Verses zu erkennen. Freybart zufolge ist das Spiel nicht weniger ernst als das Leben, so daß sich beide oft miteinander vermischen, was wiederum zur Folge hat, daß manche Menschen partout hinter einem Ball herlaufen müssen, während andere ergründen wollen, welchen Sinn ebendies hat. Doch die rätselhaften Beweggründe dieses Phänomens zu erforschen erscheint mir jetzt ein nutzloses Unterfangen; vielmehr sollte man sich wohl auf das Erzählen beschränken.

Was also mich betrifft, so erinnere ich mich genau

an jenen Herbsttag des Jahres 48, als Álvaro Méndez an meiner Tür läutete.

›Ich möchte dir zeigen, was es heißt, Fußball zu spielen‹, sagte er und forderte mich mit einer Handbewegung auf, zu ihm auf die Straße herunterzukommen. Während wir mit dem Auto zum River Plate Stadion fuhren, sagte er kein Wort mehr.

Das war der Morgen, an dem Pepe Minella die Leitung der Mannschaft übernehmen sollte. Er hatte den Präsidenten gedrängt, Pedernera nachzugeben, um den Posten dem jungen Di Stéfano zu überlassen. Von oben, von den Rängen aus, wo wir zwischen den tratschenden Journalisten saßen, sahen wir Minella kommen, der sich mitten auf dem Spielfeld aufbaute und mit entschlossenen Gesten, nach Art eines Orchesterdirigenten, seine Mannschaft aufstellte: Er befahl Moreno, nach rechts zu gehen, und Labruna wies er nach links; dann machte er Di Stéfano ein Zeichen, und dieser nahm die Position des Mittelstürmers ein. Daraufhin klatschte der Mannschaftskapitän in die Hände, und das Karussell des Spiels begann sich zu drehen. Es war, als sähe man, wie eine perfekte Uhr die Schritte der Zeit, also unseres Lebens, skandierte, wie die Bewegungen sich auf magische Weise koordinierten und wie die Bahn, die der Lederball beschrieb, einen Sinn bekam, wie er, unter Morenos lenkenden Zurufen, weiterrollte und wie er, während er zwischen den Füßen der Männer hin und her sauste, schließlich Di Stéfano zum Tanzen brachte. Dann fielen die Tore, eines nach dem anderen, unter der unabwendbaren Einwirkung einer höheren Gewalt. Es war eine Mannschaft von Virtuosen. Auf diesen Seiten, heute, schreibe ich, daß es wahrscheinlich der Anblick dieser Perfektion war, der alles ins Rollen brachte.

Ein paar Monate später, als ich wieder auf diesen Rängen saß, wurde ich Zeuge des letzten Sieges der Mannschaft von River Plate, die ihren Meistertitel in jenem Jahr verteidigte. Álvaro Méndez und Benito Laprida diskutierten lebhaft miteinander, stellten Theorien über die Unbesiegbarkeit dieser Mannschaft auf und verwarfen sie wieder. Der Streit, der über ganz konkrete Dinge wie die Schnelligkeit von Espineda und die Treffsicherheit des ›Alemán‹ entflammt war, hatte einen unvorhergesehenen Verlauf und, während er sich ausweitete, eine Wendung zum Philosophischen genommen, die mich unwiderstehlich anlockte. Laprida, dessen Mutter aus Schweden stammte (eine Svenson aus Uppsala), zitierte sogar einen Logiker aus jenen Breiten, der im 18. Jahrhundert gelebt hatte, einen gewissen Lars Erfjord, dem zufolge die Unbesiegbarkeit Ausdruck einer zum Unendlichen hin tendierenden mathematischen Funktion sei. Méndez führte dagegen die Psalmen ins Feld, sprach von David und den geheimnisvollen Lehren der Essener.

Mit konkreteren Ideen im Kopf stieg ich am folgenden Tag die Stufen zu *El Gráfico* empor, um den Direktor Jorge Álvarez zu fragen, ob ich eine Untersuchung über die stärksten Fußballmannschaften der Welt durchführen dürfte – das hieße, ihre Organisation zu beschreiben, die Persönlichkeiten der

Spieler kennenzulernen und ihre Strategien in Erfahrung zu bringen, um dann in einem Bericht alle Leser über das Geheimnis der Unbesiegbarkeit aufzuklären.

Wie oft habe ich später an diesen Augenblick zurückgedacht, an die Begeisterung, mit der ich Álvarez meine Bitte vortrug! Obwohl ich es, wie ich heute zugebe, vorgezogen hätte, von ihm eine Antwort zu bekommen, die eher seiner Erfahrung als meinem naiven Ehrgeiz eines jungen Reporters entsprochen hätte. Doch er erklärte sich anstandslos bereit und zwang mich so zu dieser Reise in den Untergang.

Mit Méndez unterhielt ich mich lange darüber, wie wir die Reportage aufeinander abstimmen sollten, und wir einigten uns auf eine Reise durch Europa.

›Fang du an mit Turin, in Italien‹, sagte er mit großer Bestimmtheit, ›dort gibt es eine sehr starke Mannschaft, die in den letzten Jahren nicht zu schlagen war.‹

Auf dem Blatt, das er mir zeigte, war eine Übersicht zu sehen, herausgeschnitten aus *Fútbol Internacional*: Tatsächlich hatte *Il Grande Torino* die letzten vier ausgetragenen Meisterschaften gewonnen und war zu Hause seit über achtzig Spielen ungeschlagen.

›Bitte sehr, Luvanor‹, sagte Méndez beim Abschied, ›das Geheimnis der Unbesiegbarkeit geht von dieser Mannschaft aus. Bring selbst in Erfahrung, wie.‹

Auf der Gangway des Flugzeugs blieb ich einen Augenblick stehen, um die Luft von Baires zu schnuppern: Es war der 2. April 1949, der Himmel war unglaublich klar, und eine gleißende Sonne knallte auf die Metallflügel herab und blendete die Augen. Ich wandte den Blick ab, um sie vor so viel Licht zu schützen, und dabei sah ich auf der Kanzel, daß das Flugzeug *Ícaro* hieß.«

Fast so, als habe die Sonne auch ihn geblendet, hörte Don Tancredi Ricca auf zu lesen und rieb sich die Augen: Der Schein der Tischlampe hatte sich auf seiner Netzhaut eingeprägt, und nun tanzte ein seltsames Kaleidoskop von Lichtern auf dem Tischchen. Und es schien ihm, als sähe er, wie sich zwischen diesen Lichtern die Aufschrift »Ícaro« auf der Kanzel eines unter der Sonne glänzenden Flugzeugs abzeichnete, eines Flugzeugs, das am Himmel in Richtung Turin flog. Ausgerechnet hier, dachte er, unter all diesen Straßen am Himmel, gibt es also eine, die von Argentinien direkt hierherführt. Um den Himmel zu suchen. Er lächelte. Aber der Himmel von Turin war an jenem Tag bleigrau und blind vor Nebel.

Der Himmel gehört nicht den Menschen, dachte er, und die unbesiegbaren Mannschaften bestehen nur aus elf Spielern, die andere vom Unbesiegbarsein träumen und darüber Kälte und Angst vergessen lassen.

Mit einem Lächeln setzte Don Ricca seine Lektüre fort.

»Turin kam mir vor wie eine elegante Dame, die mit Würde ihre fehlenden Zähne versteckt: Es waren vom Krieg zerstörte Häuser und Straßen, noch voller Krater. Ich war enttäuscht. Vielleicht hatte ich geglaubt, daß eine so starke Mannschaft in einer goldenen Stadt geboren sein müsse. Diese dagegen war grau und griesgrämig. Auch das Stadion der Unbesiegbaren war nichts Besonderes, eingezwängt zwischen Häusern, die ihm keine Luft zum Atmen ließen. Es hatte einen schönen, einen griechischen Namen, Filadelfia, und in Buenos Aires hatte ich es mir wie ein marmorfunkelndes riesiges Kolosseum vorgestellt; doch es war nur eine kleine graue Kiste, genauso grau wie die Fabriken der Stadt. Aber sonntags, da verwandelte es sich in einen Vulkan voller granatfarbener Lava, brausend und tosend. Am hellsten gellte eine Trompete, eine Trompete, die irgendwann zum Angriff blies, und auf dem Spielfeld gingen die Männer in ihren granatfarbenen Trikots tatsächlich zur Attacke über, und für einige Minuten brach dort unten das Paradies aus.

Als ich zum erstenmal erlebte, wie der Himmel auf das Turiner Filadelfia-Stadion herabkam, spielte *Il Grande Torino* gegen die Mannschaft von Novara. Der Mitarbeiter des Klubs, der mich begleitet hatte, erklärte mir Taktiken, Aufstellungen, Aufgaben und Organisation. Die Mannschaft kam mir auf Anhieb sehr geschlossen vor, ihr Spiel wirkte fließend, aber nicht so unwiderstehlich, wie es die Fama berichtete. Ja, die Gegner schossen sogar schon nach ein paar Minuten ein Tor, aber dieser Tatsache schienen weder das Publikum noch mein Begleiter die geringste Bedeutung beizumessen.

›Sie werden sehen‹, sagte er, ›Sie werden schon sehen, wenn die erst mal mit dem Spielen anfangen.‹

In meinem Notizbuch — in das ich auch in diesem Augenblick schreibe — vermerkte ich: ›Frage an Méndez: Ob Unbesiegbarkeit soviel bedeutet wie Niederlage?‹ Ich gestehe, daß mich meine jugendliche Überheblichkeit dazu verleitete, diese Überlegung schriftlich festzuhalten (jetzt, in dem Moment, da ich dies schreibe, bezeichne ich sie als naheliegend). Zu meiner Entschuldigung führe ich die Komplexität an, die die Größe mit sich bringt und die von jenen schwer wahrzunehmen ist, die sich ihr ohne Demut nähern. War es nicht diese Frage, die Theseus sich vor dem Labyrinth stellte?

Aus Buenos Aires war ich in der Überzeugung hierhergekommen, daß ich bereits begriffen hätte. Ich verstand aber erst später, kurz nach Beginn der zweiten Halbzeit, als die Trompete von Bormida (man hatte mir gesagt, daß dies der Name des Trompeters sei) im Stadion zur Attacke blies und all diese Tausende von Körpern von jenem Schauder durchzuckt wurden, der das Unvermeidliche auslöste.

›Jetzt!‹ sagte mein Vergil. ›Jetzt geht Valentino zum Angriff über.‹ Und nun verstand ich, was das Spiel und was der Sinn des Spielens war. Ich hörte Bacigalupos Schreie, die die der Menge auf den Rängen übertönten, und sah, wie der Ball zwischen Gabetto, Loik und Mazzola hin und her flitzte — auf dieselbe Art und Weise, wie man es in den Träumen sieht. Ich sah die Kraft und den Spaß, die Kunst und die Poesie; angesichts der ergreifenden Schönheit dieser Perfektion wurde ich mir der absoluten Leere bewußt, die derjenige empfindet, der sieht, wie ihm die Welt aus den Händen gleitet, weil innerhalb von fünfzehn Minuten – so lese ich es noch in meinem Notizbuch –, innerhalb von nur fünfzehn Minuten vier Tore geschossen wurden und der Gegner kapitulierte.

An jenem Abend machte ich in der Stille meines Zimmers zwischen meinen Arbeitsnotizen folgenden Vermerk: ›Heute habe ich gesehen, daß bisweilen das ganze Universum zu einer einzigen Geste verschmelzen kann, bei der es sich scheinbar nur um einen gewöhnlichen Tritt gegen einen Ball handelt. Ich habe ein Gefühl unendlicher Verehrung empfunden und zugleich unendliches Mitleid. Aber ich könnte es nicht erklären ...‹

Ich werde mich nicht weiter verbreiten. Einen ganzen Monat lang folgte ich der Mannschaft und den Spielern und versuchte dabei zu verstehen, was die besondere Triebfeder dieser Stärke war. Ich interviewte die Fußballer, die Manager, die Mitarbeiter des Klubs und viele andere. Wie der Ibn Hakkan in den arabischen Märchenerzählungen suchte ich nach dem Geheimnis des Lebens, indem ich die Menschen danach befragte. Aber ich kam ihm nicht näher, und während sich die Seiten meines Notizbuchs mit Worten füllten, blieb meine Frage ein ausgetrockneter Brunnen.

Aus Buenos Aires erhielt ich dann ein Telegramm von Méndez, der um Neuigkeiten und einige Informationen über den Bericht bat, den ich schreiben sollte: Álvarez scharrte bereits mit den Füßen. Ich versprach, am 4. Mai einen ersten Artikel zu schicken. Am Tag davor würde ich die Mannschaft nach Lissabon begleiten, wo sie das Abschiedsspiel für Benficas großen Ferreira bestreiten sollte. Die Nacht vor der Abreise verbrachte ich damit, mir immer wieder die unglaublichen Zahlen anzusehen, die die Überlegenheit dieser Unbesiegbaren bestätigten − vielleicht in der Hoffnung, der Gleichung auf die Spur zu kommen, von der der schwedische Logiker gesprochen hatte.«

Don Tancredi Ricca zuckte zusammen: War denn heute nicht der 4. Mai? Und zwar *dieser* 4. Mai? In seinem Kopf wirbelten plötzlich die Gedanken durcheinander, die Zahlen überschlugen sich, und er glaubte schon, das Zählen verlernt zu haben. Er klappte das Buch zu, blickte auf den Umschlagdeckel und drehte das Buch, von Angst erfüllt, immer wieder in den Händen. Er suchte ein gedrucktes Datum, ein Impressum, irgend etwas, was ihm einen Hinweis auf das Jahr des Erscheinens geben könnte, aber die Brandflecken verhinderten, daß er irgendeine Klarheit gewann. Mit Aufruhr im Herzen las er nun die letzten Zeilen des Berichts:

»Mit ritterlicher Geste überließ Turin Ferreira und seiner Mannschaft die Ehre des Sieges, und das Spiel endete zugunsten der Portugiesen. Aber auch diese Niederlage war ein Sieg − der Großzügigkeit. Am Flughafen von Lissabon blieb ich in einer Buchhandlung stehen: Ich war sehr schlechter Stimmung und suchte nach etwas, was ich lesen könnte, um diese letzten Stunden schneller vergehen zu lassen, bevor ich meinen schwierigen Text für *El Gráfico* abfassen würde. Schön ins Auge stechend, erwartete mich in einem Regal ein Buch meines Landsmanns Jorge Luis Borges. Der Titel lautete: *Die Unbesiegbaren*. Ich kaufte es, ohne zu zögern, habe ich doch immer geglaubt, daß es die Bücher sind, die sich ihre Leser auswählen, und nicht umgekehrt. Im Flugzeug setzte ich mich, zusammen mit den italienischen Kollegen, in die letzte Reihe. Ich beobachtete die ganze Mannschaft von hinten, fast als wollte ich einen letzten Versuch unternehmen, das Geheimnis ihrer Unbesiegbarkeit zu ergründen. Bald darauf, ich hatte kaum mit der Lektüre meines Buches begonnen, stellte ich fest, daß auf Seite 7, im ersten Absatz, die Lösung stand, nach der ich suchte: ›Unsterblich zu sein ist bedeutungslos; vom Menschen abgesehen sind es alle Geschöpfe, da sie den Tod nicht kennen; das Göttliche, das Schreckliche, das Unbegreifliche ist das Wissen um die eigene Unsterblichkeit.‹

Der Schritt, der die Unbesiegbarkeit dieser Männer bezeichnen würde, war also winzig, nun an den Flug dieses zerbrechlichen Fliegers gebunden, der uns, wie mir jetzt schlagartig bewußt wurde, dem Unglück der Unsterblichkeit entgegentrug ...«

Don Ricca konnte nicht weiterlesen: Eine heftige Erregung schnürte ihm die Kehle zu. Erneut spürte er, wie das Feuer ihm das Gesicht verbrannte und der Atem ihm in der Brust barst. Da stand er auf und lief zum Fenster, um frische Luft zu schöpfen. Und just in diesem Augenblick sah er das Flugzeug hervorbrechen, einen gewaltigen schwarzen Schatten, der plötzlich aus dem Nebel sprang, um nur wenig weiter, an der Mauer der Basilika, zu zerschellen.

Was sich in der Folge abspielte, geschah wie in einem Traum. Der Himmel färbte sich feuerrot, und sogleich erfüllte ein gräßliches Getöse die Luft. Don Ricca rannte ins Freie wie ein Wahnsinniger, gelangte als erster zu dem Wrack und versuchte, noch näher heranzutreten. Aus dem Dorf Superga kamen unterdessen die ersten Menschen herauf, schreiend vor Entsetzen. Unter den Trümmern eines Flügels zog jemand einen Koffer hervor. Man öffnete ihn, und einige Trikots kamen zum Vorschein, granatfarben, das Schildchen mit der Trikolore auf der Brust aufgenäht. Lauter wurden die Schreie, und in die Schreie mischte sich das verzweifelte Schluchzen der Menschen, denen auf diese Weise vor Augen geführt wurde, um wen es sich bei den Passagieren handelte.

Doch Don Ricca hatte schon vor dem Öffnen des Koffers alles verstanden. Mit stockendem Atem ging er auf das Wrack zu, um das Heck des Flugzeugs herum, das wie ein riesiger Nagel in der Mauer steckte, und hob neben den Bruchstücken der Einstiegsluke etwas vom Boden auf, was noch halb rauchte, halb schon versengt war.

Es war ein Buch von Jorge Luis Borges, mit weißem Einbanddeckel, übel zugerichtet und vom Rauch geschwärzt. Der Titel war noch zu entziffern. Er lautete: *Die Unbesiegbaren.*

Der Spatz

Am Morgen des 20. Januar 1983 traf Jesus João Da Costa überpünktlich in der neurologischen Klinik Alto Boavista ein. Es war sein zweiter Arbeitstag als Krankenpfleger, und er wollte keinesfalls zu spät kommen. Auch wenn es erst drei Viertel sechs war, so hatte er doch schon ganz Rio durchquert, war zweimal mit dem Bus umgestiegen, und die letzten paar Meter hatte er zu Fuß zurückgelegt. Vor dem großen Portal blieb er einen Moment stehen, holte tief Luft und ließ den Blick an der Mauer des massiven, geradezu riesigen Gebäudes hinaufwandern; dann rannte er, als würde er sich in eiskaltes Wasser stürzen, in die Eingangshalle. Vor der Stechuhr angelangt, sah er auf dem Dienstplan seinen Namen ausgedruckt und fühlte sich glücklich: Er dachte an die vielen Jahre seiner Ausbildung zurück, an das harte Leben, an all die Opfer, die er auf sich genommen hatte, um diese Stelle zu bekommen, und jetzt hatte er sie, greifbar, ein rosa Kärtchen mit seinem schwarz gedruckten Namen darauf.

In wenigen Minuten zog er sich um und meldete sich dann im Korridor, bereit, die Anweisungen für die nächste Schicht entgegenzunehmen. Aufmerksam hörte er Alberto Nunes Coimbra zu, der ihm berichtete, was in der Nacht passiert war und was er sofort tun müsse: die Therapien überprüfen, die dringenden Blutentnahmen durchführen, diesen und jenen zum Röntgen bringen, einen verstorbenen Patienten versorgen.

Jesus merkte sich alles, fragte einige Kollegen um Rat und wechselte ein paar Worte mit ihnen. Im Laufe weniger Minuten war er so sehr auf seine Arbeit konzentriert, daß der Rest der Welt um ihn herum versank, als lebte er in einem Traum. Deshalb hätte er, als er sich in Zimmer Nr. 7 einem in Tränen aufgelösten Mann gegenübersah, nicht genau sagen können, seit wann er dort stand, regungslos, ohne zu wissen, was zu tun sei, und nur fortwährend diesen Mann anblickte, der mit seinem lautlosen Weinen einen Schmerz ausdrückte, der unermeßlich zu sein schien wie das Meer.

In den berufsbildenden Kursen und in den Vorbereitungsschulen lernt ein Krankenpfleger, wie man mit den unangenehmsten und bittersten Situationen am besten umgeht. Aber vielleicht aus Unerfahrenheit, vielleicht auch, weil das Schweigen dem Weinen jenes Mannes eine absolute Kraft verlieh, blieb Jesus stumm und wie versteinert stehen und starrte ihn an. So war es der in Tränen aufgelöste Mann, der, als er ihn schließlich bemerkt hatte, als erster das Wort ergriff.

»Ich habe nicht genug auf ihn aufgepaßt«, sagte er. »Es ist alles nur meine Schuld.«

Der Krankenpfleger empfand tiefes Mitleid. Nicht nur wegen des bleichen und aufgedunsenen

Gesichts, das aus den Laken herausragte, sondern vor allem wegen des Schauplatzes dieser Szene – wegen des abblätternden Lacks des Krankenbetts, wegen des kalten Lichts der Neonlampe, wegen der armseligen Dinge, die auf dem Nachtkästchen verblieben waren: ein Apfel, eine Flasche mit Wasser und ein kleines altes Radio. Er suchte in seinem Innern nach einem Satz oder einer Geste, mit der er dieses Unbehagen beenden könnte, ging zu dem Leichnam, nahm die Karteikarte vom Fußende des Bettes und las: »Manuel Francisco dos Santos, 50 Jahre – Pau Grande«. Er warf einen Blick auf die klinischen Daten, nahm Zuflucht zu der professionellsten Miene, die ihm zu Gebote stand, reckte sich und sagte mit klarer Stimme: »Leider war da nichts mehr zu machen, ich glaube nicht, daß irgend jemand daran schuld war, mein Herr. Er war sehr krank.«

Doch der tränenüberströmte Mann schien diese banale Rechtfertigung nicht gehört zu haben.

»Ich hätte besser auf ihn aufpassen sollen«, sagte er. »Mané war wie ein Kind.«

Dann wandte er sich dem Toten zu, und aus seinen Augen, die Jesus so blau vorkamen wie der Himmel, quollen zwei Tränen, dick wie Haselnüsse. Der Mann strich sich langsam mit einer Hand über das Gesicht, um sie fortzuwischen, und fuhr dann fort, seine Stimme nur noch ein Hauch.

»Als ich ihn unter meine Fittiche nahm, war er wirklich noch ein Kind, er war vielleicht fünf oder sechs«, sagte er und sah jetzt dem Krankenpfleger direkt ins Gesicht, als wollte er ihm ein Geheimnis enthüllen.

»Ich hatte kurz zuvor meine Stelle als Betreuer eines alten Mannes in Minas Gerais aufgegeben und war noch auf der Suche nach einer neuen. Da ich noch nie in der Gegend von Rio gewesen war, beschloß ich, mich einmal dort unten umzusehen, und auf meinem Weg kam ich auch nach Pau Grande, das in Richtung Wald gelegen ist. Vor fünfzig Jahren war es noch schlimmer als heute, alles versank in Staub und Elend. Bis auf das, was im Schlamm versank, nach dem Regen. An dem Tag, an dem ich dort eintraf, waren die Straßen voller Kinder, die spielten, wie alle brasilianischen Kinder spielen: mit einem Ball aus Lumpen. Und so lernte ich Mané kennen.«

Der Mann schien durch das, was er erzählte, wieder Mut geschöpft zu haben, und seine Stimme klang sicherer, so daß sich Jesus, fast ohne sich dessen bewußt zu werden, auf die Bettkante setzte, um ihm weiter zuzuhören.

»Er war ganz allein, der Mané, abseits, und schaute den anderen zu, die hinter dem Fußball herliefen. Er hatte zwei krumme Beinchen, dürr wie Spatzenbeine. Zwei Stöckchen, mit denen er niemals würde laufen können. Und dennoch lächelte er. Sitzend folgte er dem Spiel der Kinder mit den Augen. Er lächelte und schien glücklich zu sein. Rundum gab es nur Staub und elende Hütten und niemanden, der auf dieses arme krumme Vögelchen aufpaßte. Deshalb kam ich zu dem Schluß, daß es sich nicht lohnte, noch weiter, bis nach Rio, zu gehen: Ich würde der Schutzengel eines Spatzen sein.«

Bei diesem Gedanken nickte der Mann mehrmals, und Jesus empfand Mitleid mit ihm, aber auch ein leises Gefühl der Erleichterung, hatte es doch den Anschein, als habe er mit dem Weinen aufgehört und als habe die Freude am Weitererzählen seiner Geschichte die Oberhand gewonnen. Deshalb schwieg Jesus und ließ sich von den Worten einhüllen.

»Die Kinderlähmung. In Pau Grande, wo es beinahe nichts gab, herrschte an Kinderlähmung kein Mangel, und meinem Spatz hatte sie die Beine verdorrt. Aber das schien Mané nichts auszumachen. Er war immer fröhlich, auch im Unglück, auch wenn er schlecht und nur kurze Zeit gehen konnte, auch wenn er nicht hinter dem Ball herlaufen konnte wie die anderen und wie sein Vater, dem die Tatsache, ihn so klein und so verkrüppelt sehen zu müssen, die Tränen in die Augen trieb. Um diesen Schmerz zu lindern, gelang es mir irgendwie, den Mann zu überzeugen, seinen Sohn zu einem Arzt nach Rio zu bringen. Deamaro nahm ihn huckepack, und wir gingen, ich immer an ihrer Seite, um diesen Arzt zu konsultieren, der die krummen Beine der Kinder operierte. Er untersuchte Mané und bemühte sich während einer stundenlangen Operation, seine Beine geradezubiegen, aber es glückte ihm nur halb, so daß er, als er ihn uns zurückgab, verlegen dreinschaute. Er sagte, daß er nun wenigstens mit dem linken Bein gehen könne.

In jener Nacht fand Deamaro keinen Schlaf, und ich leistete ihm während der langen Stunden Gesellschaft; dabei lernte ich, wieviel ein Mann weinen kann, der leidet, weil er einem Spatz mit krummen Beinen das Leben geschenkt hat. Er weinte und schrie zum Himmel, der Deamaro, er trank Bier und ballte die Fäuste zum Mond, während ich hin und her überlegte und auf irgendeine Abhilfe sann. Am Morgen gingen wir dann zum Markt von Julinha, kauften für ein paar Cruzeiros ein altes Dreirad aus Eisen, banden Manés Füße an den Pedalen fest, und von diesem Tag an drehte er, in die Pedale dieses unmöglichen Vehikels tretend, seine Runden durch den Staub von Pau Grande. Er fuhr auf seinem Dreirad und lächelte, er fuhr hinter den anderen Kindern her und lächelte. Auch wenn sie ihn hänselten, trat er in die Pedale und lächelte. Mit der Zeit wurden seine Beine immer kräftiger, und wenn mein Spatz vom Dreirad stieg, konnte er sich bald besser auf den Füßen halten. Manchmal lief er sogar ein wenig herum.

Eines Tages, im Juli, schaute er den Kindern wieder beim Fußballspielen zu, und ich war bei ihm, wie immer. Der Ball rollte auf uns zu, und als João Paulo Pirinha ihm höhnisch zurief, er solle ihm einen Tritt verpassen, sah ich, wie das Glück aus Manés Augen schwand. Er wandte sich João Paulo zu und schrie ihm entgegen, er solle doch herkommen und ihn sich selbst holen, seinen Ball, und dann lächelte er wieder, aber ich wußte, daß er innerlich zitterte. Da sah ich ihn an, und er fühlte sich ruhiger. Er legte den Ball vor seine Füße, trocknete sich an den Socken den Schweiß seiner Hände ab und blieb aufrecht stehen, um auf Pirinha zu warten. Ich stand neben ihm und hielt ihn an einem Arm fest, während der andere Junge langsam näher kam und sich schließlich vor Mané aufbaute. Ich drückte ihm den Arm noch fester, und vielleicht hatte mein Spatz begriffen, denn er blickte dem Gegner in die Augen und lächelte, dann beugte er sich nach links, lehnte sich gegen meine Seite, und während João Paulo das Bein in diese Richtung ausstreckte, sprang Mané in die andere, den Ball zwischen den Beinen, und wieder spielte ein Lächeln um seine Lippen. Von jenem Tag an gelang es niemandem mehr, ihm den Ball abzunehmen, weil Mané sich jedesmal auf meinen Arm stützte und lächelnd in die andere Richtung entwischte, während die Leute sich vor Vergnügen auf die Schenkel schlugen, fasziniert von diesem plötzlichen Tanzschritt, und sie nannten ihn fortan nur noch Garrincha.«

Jesus zuckte zusammen. Wovon zum Teufel redete der Mann da? Einen Augenblick lang verspürte er das Unbehagen, das einen angesichts eines Anzeichens von Wahnsinn beschleicht, aber dann fiel sein Blick auf die blauen Augen, die sich wieder mit Tränen füllten, und er begriff, daß dies nicht der Blick eines Irren sein konnte. Er stand also auf, ging zu dem reglos im Bett liegenden Körper und starrte auf die vom Tod verzerrten Gesichtszüge, und wie in einem Traum tauchte aus dieser markanten Physiognomie nach und nach ein bekanntes Gesicht auf, das Gesicht von dem alten Photo, das sein Vater über der Tür seines Friseurladens hängen hatte: die Augenbrauen und die ausgeprägten Jochbögen, der Mund und die Augen des Champions. Eine Woge von Farben, ein überwältigendes Gefühl, Gesichter und Geräusche der Vergangenheit, abzurufen aus dem Gedächtnis. Jesus spürte, daß dies nicht der Moment war, Fragen zu stellen.

»Pelés Beine sind vollkommen, ihre straffe Haut glänzt, und ihre Muskeln sind harmonisch geformt. Nach einem Entwurf von Michelangelo«, sagte der Mann unter Tränen, dann zeigte er auf das Bett und fuhr fort: »Manés Beine dagegen waren zwei Weinstöcke, so verdreht wie das Los der Unglücklichen. Der Scherz eines Verrückten, der mit ihren Existenzen seine Spielchen treibt. Es waren die Beine der armen Teufel aus den Favelas, und aus diesem Grund haben sie ihn auch so geliebt. Diese häßlichen Beine führten jeden Gegner aufs Glatteis, und dann sprangen sie fröhlich dem Sieg entgegen. Die Beine liefen in die eine Richtung, Mané und der Ball in die andere, und von den Rängen erhob sich das Freudengeschrei seiner Leute, die mit ihm an der Seitenlinie entlangliefen, um den Ball demjenigen zuzuspielen, der ein Tor schießen würde.

Ihm haben immer die einfachen Dinge gefallen, meinem Spatz, deshalb war auch sein Spiel von absoluter Einfachheit: immer die gleiche Finte, immer der gleiche Tänzersprung nach rechts, um den Ball in die Mitte zu spielen, und immer die Freude der Leute.

Doch manchmal überkam ihn auch Traurigkeit.

Er betrachtete die Kraft von Vavà, sah den Schwung von Pelé und fragte sich, ob er wirklich Fußball spielen könne. So kam es, daß er eines Tages, während des Trainings, den Ball und sein Herz in die Hand nahm und sich vor O'Rey hinstellte – er so klein und so krumm und ihm gegenüber die Wohlgestalt des anderen. Er sah ihm in die Augen und sagte:

›Entschuldige, aber ich kann keine Kunststückchen machen, ich kriege keine guten Kopfbälle hin und habe keine Kraft. Ich beherrsche nichts anderes als Finten. Ich fixiere den Gegner und setze an, ich sorge dafür, daß er auf seinem Hintern landet, und weg bin ich. Ich mache immer dasselbe, nichts anderes als das.‹

Da sah ich, wie Pelé in all seiner Pracht lächelte, auf meinen krummen Spatz zuging und ihn streichelte.

›Du brauchst dich für gar nichts zu entschuldigen, Mané‹, sagte er, ›denn deine Dribblings sind wie Brot – schlicht und ohne große Zutaten, aber sie sind es, die mich und die Mannschaft am Leben erhalten.‹

Und Mané sah auf seine krummen Beine hinunter, blickte dann auf die perfekt geformten vor sich und vollführte wieder seine fulminante Finte, indem er, während der Ball an seinen Füßen klebte, am Rand des Spielfelds entlang davonhinkte. Er ließ Pelé einfach stehen und ins Leere schauen.«

Über das Gesicht des Mannes breitete sich ein Lächeln aus, während seine Augen sehr lange auf einen Punkt starrten, der weit von diesem kalten

Zimmer entfernt zu liegen schien. Dann entspannten sich seine Züge:

»Wir hatten wirklich Spaß miteinander. Niemand ist es gelungen, je zu begreifen, wie er diese Finte zustande brachte. Sie forschten nach, diskutierten darüber, dann stellten sie Theorien auf, weil sie sicher waren, die Erklärung gefunden zu haben, um sie dann wieder zu verwerfen, und wenn sie auf ihn zugerannt kamen, gingen sie ihm immer wieder auf den Leim. Sie schauten auf seine krummen Knie – das eine nach innen gedreht, das andere nach außen –, sie schauten, wie sich seine Beinchen auf die eine Seite verlagerten, während er sich auf mich stützte und mit dem Ball zur anderen Seite sprang, und sie blieben unterdessen regungslos, wie verhext, mit dem Hintern auf dem Boden sitzen. Sie versuchten es auch auf die harte Tour, versetzten ihm Tritte gegen die Fesseln und versuchten so, ihn zu erschrecken. Aber er tat, als wäre das nichts, und setzte seinen Tanz fort, der nur aus diesem einzigen Schritt bestand.

Einmal spielten wir gegen die Mannschaft von England, in der ein Verteidiger namens Wilson war, den man angewiesen hatte, sich Mané wie ein Schatten an die Fersen zu heften, ihn zu bedrängen und, wenn nötig, sogar zu foulen. Und das tat er dann auch. Er foulte ihn und lief, lief und foulte ihn, wie ich es noch nie bei jemandem gesehen habe. Mané erduldete es, ging zu Boden und stand wieder auf, er lief und versuchte, diesem Besessenen zu entkommen, er biß die Zähne zusammen, und mittlerweile war auch sein Lächeln verschwunden. Dann, irgendwann, sah ich, wie er einen Satz machte. Er stützte sich auf mich und machte seine Finte, aber er berührte den Ball nicht, der vielmehr dort liegenblieb, wo er lag. Er sprang weg wie üblich, Wilson blieb ihm noch ein paar Meter auf den Fersen, dann versetzte ihm der Engländer einen kräftigen Tritt und streckte ihn nieder. Mané stand langsam wieder auf, ging zurück, nahm den Ball in die Hand und übergab ihn endlich, mit einem Lächeln, dem Gegner, der nichts anderes tun konnte als zu murmeln: ›I'm sorry‹, niedergeschlagen, mit gesenktem Kopf. Von diesem Augenblick an hatte Wilson nicht mehr die Stirn, ihn zu foulen, und Mané fuhr mit seinem Dribbling fort und schoß sogar noch zwei Tore.«

Jesus hatte schweigend zugehört, fasziniert von diesen Geschichten, die ihm andere ins Gedächtnis riefen, solche über das Leben des großen Garrincha, Geschichten, die man immer wieder erzählt hatte. Er erinnerte sich, als Kind unglaubliche Dinge über eine sehr starke und spektakuläre Mannschaft gehört zu haben. Die Leistung von Engeln, hieß es allenthalben, schwerlich die normaler Menschen. Er sah die Freudentränen seines Vaters und seiner Brüder und das Photo der Fußballer, grün und golden umrandet, das bei den spontan veranstalteten Karnevalsumzügen nach einem Sieg durch die Straßen getragen wurde. Doch jetzt sah er sich diesem Toten und jenem seltsamen Mann gegenüber, der immer noch so sprach wie in einem Traum.

Manchmal sucht die Erinnerung die Menschen

mit Gewalt heim, sie glüht und schmerzt, denn sie kann mit einem Schlag Gerüche, Worte, Klänge und Eindrücke zurückbringen, die man abgelegt hat, als würden sie angesichts der Dringlichkeit der Gegenwart nie mehr von Bedeutung sein; statt dessen zwicken und kratzen und schreien sie so wie damals, als sie jung und frisch waren. Jesus João Da Costa staunte also über diese Woge von Erinnerungen, die er für verloren gehalten hatte, und wunderte sich sogleich, warum er eigentlich so leicht hatte vergessen können, und er empfand Mitleid mit sich und den anderen, mit all denen, die ihn nicht auf dieses Stückchen Vergangenheit aufmerksam gemacht hatten, auf den Mann, den man allein in diesem Zimmer sterben ließ, ohne die Ehre einer Totenwache der Getreuen, die er doch verdient hätte.

Dieses irgendwo zwischen Schmerz und Schmach schwebende Gefühl veranlaßte Jesus, darüber nachzudenken, warum Garrincha auf diese Weise gestorben war, warum die Menschen seine *alegria* vergessen und ihn im Stich gelassen hatten. Fast so, als hätte er seine Frage gehört, begann der Mann wieder zu erzählen.

»Mané hat Pau Grande und die Favela nie vergessen. Auch nicht, als er berühmt wurde und Weltmeister war und wie ein Gott gefeiert wurde. Er kehrte oft zu seinen Leuten zurück, um ihnen Geschenke und Cruzeiros zu bringen, um auf der Straße mit den Kindern zu spielen und auch mit ihnen seine magische Finte zu wiederholen, während alle um ihn herum tanzten und glücklich lachten, weil dieser fulminante Schritt einfach Freude schenkte. Alle nannten ihn, wie im Stadion, *alegria do povo*.

Hör gut zu, ich kann dir versichern, daß er sich nie hat hinreißen lassen, weder von der Wut noch von irgendeinem Kalkül, daß er immer der Spatz geblieben ist, als den ich ihn damals kennenlernte. Mir ist klar, daß es für dich schwer ist, das zu begreifen, doch an dem Tag, an dem Deamaro ihn zum Arzt trug, damit er ihm die Beine geradebog, saß Mané schweigend auf den Schultern seines Vaters, während wir auf der staubigen Straße in Richtung Rio gingen. Ich sah ihn an und hörte ihn denken – denn genau das ist es, was ein Beschützer machen muß. Und auf diesen Schultern, das versichere ich dir, da träumte mein Spatz vom Fliegen, davon, so schnell wie João Pirinha laufen zu können. Deshalb hat er weder den Ruhm noch den Reichtum begriffen, nie, deshalb reist Pelé durch die Welt, um Hände zu schütteln, und seine Beine glänzen und sind wie aus Marmor gemeißelt. Um die Freiheit zu spüren, hat es Mané genügt, seine magische Finte zu vollführen. Für ihn, der ein Vogel war, zählte allein die Freiheit. Der Rest ist unwichtig, der Rest ist Geschrei und Gerede zerstreuter Menschen, die sich nicht erinnern, weil sie sich an nichts erinnern.

Jetzt wird es heißen, daß Mané ein Dummkopf war, nicht sehr gewitzt, vielleicht nicht mal besonders helle. Eines Tages warf er sogar das kleine Radio weg, das er in Schweden gekauft hatte, weil Santos ihn fragte, wie zum Teufel er ein Gerät verstehen würde, das Schwedisch sprach, er, der doch nur mit

Ach und Krach Portugiesisch konnte. Sie werden behaupten, daß er den Frauen hinterherlief wie ein Kind den Feen, und vielleicht ist auch das wahr. Aber wer das sagt, der erinnert sich nicht daran, daß er selbst ein Kind gewesen ist, und der glaubt nicht an Feen. Sie werden sagen, daß er ein Trottel war, daß er sein Leben, zwischen Erinnerungen und Alkohol, weggeworfen hat, aber Leute, die das behaupten, sind Leute, die alles vergessen können, während mein Spatz nie etwas vergessen hat, und wenn es einem nicht gelingt zu vergessen, dann wird das Leben bitter und schwer. Es brennt wie der Rum auf dem Grund des Glases, wo er nach wie vor seine Finte machte, obwohl er schon einen aufgeblähten Bauch und viele Jahre auf dem Buckel hatte. Glaub mir, es ist leichter zu vergessen, sonst läge mein Spatz jetzt nicht allein in diesem kalten Zimmer.

Mané hat nichts vergessen. An dem Tag, als der Gouverneur die Weltmeister-Elf in seinen Palast einlud, um sie auszuzeichnen, kamen, zwischen all den Teppichen und kostbaren Vasen, Vavà und Nilton Santos daher, sahen sich staunend um und stießen sich mit dem Ellenbogen an. Und Pelé, der wie immer still lächelte. Und der Verteidiger Bellini mit Tränen in den Augen. Und José Altafini, den alle Mazola nannten. Und auch ich war dabei, um Manés Arm zu stützen, auch wenn man ihn an diesem Tag bestimmt nicht auffordern würde, sein berühmtes Täuschungsmanöver vorzuführen. Als der Gouverneur zu seiner Rede ansetzte, hielten alle den Atem an; alle lauschten schweigend den Lobsprüchen und den Danksagungen für die, die Brasilien Ehre gemacht hatten. Auch als der Gouverneur bekanntgab, daß er jedem der Helden ein großes Geschenk machen werde, hielten alle den Atem an, bis sie ihn in dem Augenblick vor Freude explodieren ließen, als sie erfuhren, daß sie als Geschenk eine Villa an der Copacabana erhalten würden. Nur mein Spatz schwieg weiter. Da machte sich der Gouverneur Sorgen, weil er glaubte, der große Garrincha würde ein anderes Geschenk vorziehen.

›Möchtest du Geld, Mané? Hättest du lieber etwas anderes?‹ fragte er ihn. Innerlich mußte ich schmunzeln, weil ich verstanden hatte, aber der Gouverneur war ernstlich bekümmert, und er lachte nicht, sondern ermunterte ihn, etwas zu sagen; deshalb stotterte mein Spatz zaghaft:

›Ja, Exzellenz, wenn es ginge, möchte ich wirklich, daß Sie das Vögelchen freilassen, das hinter Ihnen im Käfig sitzt. Ich bitte Sie, lassen Sie es fliegen.‹

Mané hatte nichts vergessen. Er traf sich noch mit Pirinha, und ihm schenkte er auch sein soeben gekauftes amerikanisches Auto, rot wie der Klatschmohn, lang wie ein Schiff. So konnte man in Pau Grande Elend und Luxus nebeneinander sehen, und João Paulo Pirinha, ohne Zähne zwar, aber mit einem sechs Meter langen Spider, wie er lachend versuchte, zwischen den ausgehobenen Trassen im Wald umherzukurven, weil auch das *alegria* sein kann. Manés Freude aber verzehrte sich von Tag zu Tag, wie die Zuckerwatte, die man den Kindern gibt. Niemand kann einem Spatz sagen, was er zu tun hat.«

Die Stimme verstummte, und im Zimmer eilte die Zeit davon, weil sich Jesus Da Costa, in jene Worte versunken, in einem Sumpf aus Melancholie verirrt hatte. Die Gedanken, die auf den Krankenpfleger einstürmten, waren die Überlegungen eines Menschen, der verwirrt war – aufgrund dessen, was er gehört hatte, und wegen der Art, wie dies vonstatten gegangen war. Während er sich noch bemühte, seine Gedanken zu ordnen, ging die Tür des Zimmers auf, und er hörte, wie Luisinho Mora in ungehaltenem Ton nach ihm rief. Mit bissiger Miene machte der Kollege ihm Vorhaltungen und fragte, wie lange es denn noch dauern würde, diese Leiche ins Leichenschauhaus zu befördern.

Jesus raffte sich auf, murmelte eine Entschuldigung und war beinahe bereit, sich zu rechtfertigen und die lange Unterhaltung mit der Notwendigkeit zu erklären, diesem verzweifelten Mann in Tränen beizustehen. Doch plötzlich hielt er inne, weil er von der Person, die ihm die Geschichte von Mané erzählt hatte, keine Spur sah. Beunruhigt ging er zur Tür, blickte auf den Gang hinaus, sah aber nur Luisinho Mora mit seinem wütenden Gesicht, der ihn, eine Krankenliege schiebend, barsch aufforderte, ihm zu helfen, den Toten darauf zu legen.

Er wandte sich wieder dem Bett zu und half seinem Kollegen, diese armselige Leiche herzurichten. Das Chaos in seinem Kopf war gewaltig. Er dachte über die soeben gehörten Geschichten nach, darüber, wie sehr dieser Mann ihn gerührt und gleichzeitig beunruhigt hatte. Deshalb sagte er zu dem anderen, der noch nach vorn geneigt war, damit beschäftigt, die Bahre in Ordnung zu bringen:

»Weißt du, daß das hier Mané Garrincha war?«

Mora richtete sich einen Augenblick auf, hob einen Zipfel des Lakens hoch und warf einen Blick auf den aufgedunsenen Leib des Champions, dann schnitt er eine seltsame Grimasse und murmelte vor sich hin:

»Schon möglich, vielleicht ist es tatsächlich Garrincha gewesen – gestorben ist er jedenfalls als armer Irrer.«

Dann schüttelte er sich, und während er die Bahre aus dem Zimmer rollte, trieb er den Jungen an, sich zu beeilen, denn der Tag werde noch sehr lang sein und er habe ja heute noch gar nichts geschafft.

Die falsche Farbe

Am Morgen des 5. April 1915 träumte Jack Johnson, er sei noch einmal ein Junge, in Galveston, Texas. Er half seinem Vater, Säcke mit Reis aus einem Schiff zu laden, das auf der Reede lag; ein merkwürdiges Schiff, groß und klein zugleich. Die Luft war klebrig, und er bewegte sich nur mit Mühe, doch obwohl jeder Schritt ihn entsetzliche Anstrengung kostete, kam er zügig voran, und in wenigen Minuten hatte er den Laderaum allein leergeräumt. Dann setzte er sich hin, blickte auf das nun wieder riesige Schiff, sah seine kleinen Hände an und fühlte in ihnen eine außergewöhnliche Kraft: In diesem Augenblick erschienen sie ihm glänzend und wie aus Marmor gemeißelt. Da brach auf seinem Jungengesicht jenes Lächeln auf, das vielen so verhaßt war, und er sah die Gesichter seiner Gegner, lädiert von seinen Fäusten und verzerrt vor Anstrengung, Hunderte von Augen, geschwollen infolge seiner Schläge. Er lächelte, doch im Grunde seines Herzens war er beunruhigt. Das war der Moment, in dem ihn die Messer des Sonnenlichts blendeten. Mit der Langsamkeit, wie sie den Träumen eigen ist, hob er eine Hand zur Stirn und erkannte da erst die schwarze Silhouette seines Vaters, die sich vom Horizont abhob. Fast als

hätte er seine Gedanken gelesen, sagte der Schatten
zu ihm:

»Jack, du hast die falsche Farbe.«

Und er, er sah seine Haut an und begriff nicht, er
blickte auf seine unbesiegbaren Hände und den voll-
endet gebauten Brustkorb, gemeißelt aus glänzender
Schokolade.

Die Träume kennen die Grenzen unserer übli-
chen Logik nicht, sie gehen und kommen mit der
Zeit, verändern Ort und Gestalten, um uns in die
Irre zu führen. Und so bemerkte Jack Johnson an
jenem Morgen, während er dem Schatten seines
Vaters lauschte, daß auf dem Beton von Galveston
Tommy Burns zu seinen Füßen lag, mit geschwolle-
nem Gesicht und blutender Nase, während vor ihm
Jack London stand, ihn schief ansah und mit don-
nernder Stimme brüllte. Er schwieg wie betäubt vor
Staunen, denn er hätte diesem Lackaffen von einem
Schriftsteller gern einen Denkzettel verpaßt, doch er
rührte sich nicht, atmete nur Londons Bourbon-
fahne ein und hörte, wie er den Aufruf wiederholte,
den er soeben durch die Zeitungen hatte verbreiten
lassen: »Jeder muß sich anstrengen und dieses Grinsen aus Johnsons Gesicht tilgen. Zur Rettung des
weißen Mannes.«

London machte einen Schritt nach vorn und versetzte ihm einen fürchterlichen Schlag gegen den
Leib, dann einen gegen den Unterkiefer und noch
weitere Schläge, die mit einem Geräusch widerhall-
ten, als ginge ein Hammer auf Holz nieder. Vor
Schmerz richtete sich Johnson mit einem Ruck im

Bett auf und ging in Deckung, aber von seinem Gegner war keine Spur, während die Schläge weitertrommelten, gegen die Tür des Zimmers. Als er die Tür aufriß, machte Buddy Miles eine besorgte Miene, und er war ganz in Schweiß gebadet.

Sie gingen hinaus in die frische Morgenluft, um auf dem Malecón ihren üblichen Dauerlauf zu absolvieren. Das Licht der Sonne fiel auf das Wasser und färbte die alten Häuser von Havanna rosarot. Fasziniert von der Zartheit der Farben, blieb der Boxer einen Augenblick stehen. In ebendieser Stadt, die ihm im weichen Licht der Sonne jetzt so fern erschien, würde er am Nachmittag noch gegen Jessie Willard antreten. Bei diesem Gedanken erstand vor ihm die Gestalt des Gegners, sein Angeberlächeln, und seine Stimme fing tatsächlich an, auf ihn einzureden:

»Aus dir mach ich Hackfleisch, du mit deiner fiesen schwarzen Fresse«, sagte der Texaner. »Dir reibe ich den Titel ab wie diese Kohle, die du am Leib hast.«

Es war nur ein Augenblick, denn Jack schnellte hoch wie ein Besessener, beugte sich nach links vor und ließ in die Gegenrichtung einen fürchterlichen Haken niedersausen. Willards Bild taumelte, landete auf Jacks anderer Faust, die er in Stellung brachte, und dann deckte er es noch einmal ein, diesmal mit einem Hagel von Kinnhaken, bis es wehrlos zu Boden sackte. Er hörte erst auf, mit den Armen zu schwingen, als er eine Hand auf der Schulter fühlte und Buddy Miles' Stimme hörte, die wiederholte:

»Beruhige dich doch, mein Junge! Es ist nur der Wind.«

Der Boxer hielt inne. Wie eine unter Druck stehende Dampfmaschine stieß er schnaubende Geräusche hervor, aber er lächelte dabei. Er dachte an die Inkonsequenz der Zeit, die sich näherte und sich entfernte wie ein Punchingball beim Training. Er dachte an dieses »mein Junge«, mit dem Buddy ihn aus der Höhe seines verehrungswürdigen Alters bedacht hatte, ihn, der nun wirklich kein Junge mehr war. An Jahren hatte er siebenunddreißig auf dem Buckel, er, Jack Johnson, und was die Anzahl der Leben anging, so hatte er davon mindestens schon ein Dutzend durchgebracht. Über seinem Kopf lastete das Damoklesschwert einer Strafe, die abzusitzen war, eine Anzeige wegen eines Verstoßes gegen den »Mann Act«: Er, der mit Prostituierten verkehrte und schon zweimal weißhäutige Frauen geheiratet hatte, war ein Krimineller, der, an den Pranger gestellt, hatte fliehen müssen.

Er ist nicht der Gegner, der in den Ring steigt, um den Champion zu erschrecken, nichts mehr dergleichen. Es gibt die Spielregeln, und innerhalb dieser vier Wände aus gespannten Seilen werden Kraft und Mut gewiß auf die Probe gestellt. Es gibt einen Ringrichter, es gibt die Fäuste, es gibt dein Leben. Dort ist alles, dort steht alles auf dem Spiel. Doch der härtere Kampf findet außerhalb der Seile statt, dort, wo die Regeln immer von den anderen festgelegt werden und die Fäuste durch die Luft sausen, ohne irgendwelche Entscheidungen herbeizuführen. Wenn du außerdem noch ein Mann mit der falschen Farbe bist, verlängern sich die Runden ins Unendliche, weit über die vorgeschriebenen fünfundvierzig hinaus, um mit einem Tommy Burns abzurechnen; oder zum Beispiel mit Willard, heute nachmittag. Und wenn du noch dazu ein Schwarzer von Weltklasse bist, mit einem Sportwagen Marke Duesenberg und einem Maßanzug nach der neuesten Mode, dann haben die Regeln keinen verläßlichen Wert.

In der Nacht des 4. September, man schrieb das Jahr 1912, verteidigte Jack seinen Weltmeistertitel gegen Jim Flynn, die Boxsporthoffnung derer, die das Sagen hatten. Er hatte schon Burns erledigt und den großen James Jeffries vorgeführt, beide weiß wie Weißbrot. Er hatte Anstoß erregt wegen seiner unschlagbaren Technik, wegen der Frauen, die er liebte, Frauen, die schön waren, aber zu hellhäutig. Wenige Stunden vor dem Kampf trat ein Mann mit einem Cowboygesicht an den Champion heran und streckte ihm ein Kuvert hin.

»Einige von meinen Freunden schicken dir das. Kannst du lesen, Johnson, oder brauchst du Hilfe?«

Jack öffnete den Brief und las: »Entweder du gehst zu Boden, oder wir knüpfen dich an einem Baum auf. Du hast die Wahl, du Feigling, dein Schicksal ist besiegelt. Gezeichnet: Ku Klux Klan.« Er hob den Kopf, aber der Abgesandte war schon verschwunden, bevor seine Wut richtig aufsteigen konnte.

Flynn hielt nur neun Runden durch, und er war ein großer, grober Klotz, weiß Gott kein Hänfling. Im *Dog & Cat* nannte man ihn »den Felsen«. Vielleicht war ihm auch der Grund dieser ganzen Raserei nicht klar. Wer dem Kampf beiwohnte, erinnerte sich an Flynns verängstigten Blick, als er, ohne Hoffnung, mit der Hand irgend jemanden zu Hilfe winkte und in den Seilen hing wie ein Kalb vor dem Abschlachten. Sechs Polizisten stiegen in den Ring, um ihn vor der Wut des anderen zu retten, der weiterhin Schläge austeilen wollte, während der Ringrichter sich abmühte, das Ende des Kampfes zu erklären, indem er die Arme so flattern ließ, wie nicht einmal ein Vogel das kann. Die johlenden Leute, hin und her gerissen zwischen ihrem Beifall für diesen Schwarzen und ihrer Wut auf ihn, der nun schon wieder Champion war, fragten sich, auf wen zum Teufel Jack denn wartete, der nach diesem Schlachtfest immer noch im Ring stand. Eine halbe Stunde lang blieb er in der Mitte des Vierecks aufgepflanzt stehen, er, der Champion, das Lächeln ins Gesicht gestanzt wie eine Grimasse, und rollte mit seinen geblendeten Augen.

»Ich habe eure Botschaft gelesen«, sagte er vor sich hin. »Ich warte. Zeigt euch doch, ich habe gerade erst losgelegt.«

An jenem Nachmittag im April, von dem wir berichten, in Havanna, ging es wieder um einen Titel, stand wieder einmal das Leben auf dem Spiel. Am Tag zuvor hatte ihm ein piekfeiner Anwalt, der in einem schwarzen Auto aus Chicago angereist war, keinen Brief überreicht, und er kam ihm auch nicht mit einer Drohgebärde: Ein Anwalt ist ja schließlich kein hemdsärmliger Cowboy. Irgend jemand hatte das Schachbrett bereits vorbereitet, und dieser Typ hier beschränkte sich darauf, den letzten Zug zu machen. Er bestellte einen Portwein, nippte mit Genuß daran und hielt ihn gegen das Licht, um seine Farbe zu prüfen. Dann wies er den Champion mit großem Wortgeklingel auf die Möglichkeit hin, sich die Probleme vom Hals zu schaffen und der Strafe in einer feuchten Zelle zu entgehen, in die kaum Licht fällt und in der die Tage mit absoluter Langsamkeit vergehen. Er schob die Hand in die Tasche eines edlen Jacketts, zog ein kleines Heft heraus und schrieb eine Ziffer hinein. Die Strafe annulliert, ein paar Dollar auf der Bank, dazu die Chance, nach Hause zurückzukehren und mit diesem Leben eines herumzigeunernden Angebers Schluß zu machen. Er unterbreitete das Angebot mit einem freundlichen Lächeln und glatten Manieren, wie ein Immobilienmakler, der seinen Kunden auffordert, die Sache noch einmal zu überdenken. Er riß das Blatt mit der eingetragenen Zahl heraus und legte es vor Johnson hin, dann stand er auf, tippte mit zwei Fingern an die Hutkrempe und machte vielleicht sogar noch eine Verbeugung.

»Amerika wird endlich einen würdigen Champion haben«, sagte er, »und Sie können Ihr Leben in Ruhe genießen.«

Im Nu war er verschwunden, in seinem schwarzen Wagen, und Jack blieb allein am Tisch zurück.

Der Ring war auf einem hohen Katafalk aufgebaut, viel kleiner als die heutigen Kampfarenen. Die

Seile, gespannt über Haken, dick wie Pflöcke, waren um Pfosten aus grobem, beschlagenem Holz gebunden, Eisenbahnschwellen, massives Zeug. Auf seinem Weg zum Kampf durchpflügt der Boxer die Menge wie ein Eisbrecher das Packeis. Er bringt sein Leben mit, seine Ängste, in diesem Augenblick ist er wie ein Stier, kampfbereit. Er betrachtet den Ring mit Haß und mit Liebe, denn von da oben, in dem Viereck aus Seilen, ist es wirklich schwer zu fliehen, und die Abrechnung kann fatal sein. Er stellt sich das Ende vor, bisweilen träumt er sogar davon. An diesem Nachmittag kam Jack Johnson der Ring vor wie ein Opferaltar.

Willard war ein grobschlächtiger Cowboy, anmaßend und großmäulig genug, um Champion zu werden. Außerdem war er weiß wie die Milch, und er war ein guter Boxer, er war hart im Nehmen und schlug im richtigen Augenblick kräftig zu. Der Kampf war auf die Ewigkeit von fünfundvierzig Runden angesetzt, deshalb fing man an, als die Sonne noch hoch stand, und der Platz wimmelte von Männern mit Hüten auf dem Kopf, nur wenige Frauen. Es waren hauptsächlich feine Herren, Wasps mit Zylinder und Yankees mit Strohhütchen, die sich um den Ring drängten und Jessie Willard zuriefen:

»Bring ihn um, den schwarzen Bären!«

Johnson fing an, in Abwehrhaltung, wie immer. Bis auf seltene Ausnahmen zog er die Abwehrparaden vor, das Vergnügen und die Taktik, nicht die rohe Gewalt. Er suchte den entscheidenden Schlag nur dann, wenn er erkannte, daß der Gegner reif war für das Ende. So verhielt er sich auch an jenem Nachmittag während der ersten fünfundzwanzig Runden, ohne zu übertreiben. Die Luft war heiß, und das Grölen der Leute drängte ihn auf den Gegner zu, der, Minute für Minute, mit größerem Eifer kämpfte.

In seiner Ecke, während der Pause vor der sechsundzwanzigsten Runde, wollte Jack nicht auf die Ratschläge seines Trainers hören. Er rief Buddy Miles, blickte ihm fest in die Augen und sagte:

»Bring meine Frau und die Kleine von hier weg. Und sieh zu, daß du schnell machst.«

Buddy grinste, überzeugt, daß der Champion die Nase voll hatte und die Begegnung rasch zu beenden gedachte, ein gutes Stück vor dem eigentlichen Ende. Es wäre ein zu grausamer Anblick für so sanfte Augen wie die seiner Frau und der Kleinen gewesen. So deutete er durch Gesten an, daß er verstanden habe, stieg schnell an den Rand des Rings hinunter und flüsterte der Frau etwas ins Ohr. Dann wandte er sich Jack wieder zu und deutete mit zum Himmel gerecktem Daumen ihre Zustimmung an.

Doch statt sich auf den Gegner zu stürzen und auf ihn einzuhämmern, wie er es Jahre zuvor mit Burns oder Jeffries gemacht hatte, stand der Champion so auf, als habe sich über seinen Blick ein Schleier gesenkt, eine plötzliche Mattigkeit, die ihn verlangsamt hatte. Auf Willards erste Schläge reagierte er noch, blieb stehen, deutete ein paar Rechtshaken an, ohne Überzeugung, und steckte dann eine Reihe von Kinnhaken ein, die ihn zu betäuben schienen. Die Leute tobten und schrien vor Begeisterung, sie sahen, wie Johnson torkelte, sich gegen die Seile lehnte, während Willard der Szene ungläubig zusah, fast so, als habe er mit der Sache nichts zu tun.

Jack ging zu Boden, aber nicht schlagartig: Er sackte so langsam in sich zusammen, wie aus einem angebohrten Ballon die Luft entweicht, krümmte sich nach vorn und streckte sich schließlich auf dem Belag aus. Der Ringrichter beugte sich zu ihm hinunter und begann zu zählen, zehn Sekunden lang, die sich für alle wie zu einem Monat dehnten. Dann machte er mit den Armen eine resolute Geste und erklärte den Kampf für beendet, hob Willards Handschuh in die Höhe, und über dessen Gesicht breitete sich das Lächeln des neuen Champions aus.

In dem allgemeinen Durcheinander bemerkten wenige, daß Johnson auf dem Rücken liegenblieb, in einer bequemen Position, fast so, als wolle er sich ausruhen, und er verharrte dort auch nicht regungslos, wie ein vernichtend geschlagener Mann es getan hätte. Er lächelte still, mit seinem üblichen Gesichtsausdruck, und hielt den erhobenen Arm über den Kopf, um seine Augen vor der Sonne Havannas zu schützen. Schließlich ging er zurück in die Garderobe, den Bademantel über die Schultern gelegt. Die Leute ringsum verhöhnten ihn und sandten ihr Siegesgebrüll zum Himmel. Buddy Miles war an seiner Seite, trug Handtuch und Eimer wie ein schweres Gewicht und hielt nur mühsam seine Tränen zurück.

»Damit ich nach Hause zurückkann«, sagte Johnson zu ihm, »nur, damit ich nach Hause zurückkann, alter Junge.«

Niemand zahlte Jacks Schulden. Nach dem Kampf ließ der Anwalt nichts mehr von sich hören, und die mündlichen Versicherungen, die er über dem Glas Portwein abgegeben hatte, schmolzen dahin wie Schnee in der Sonne, in null Komma nichts. Im übrigen gibt es bei solchen Dingen keine Verträge. Was gilt, ist ein Abkommen zwischen Gentlemen. Es ist das Wort, das zählt, und wie die Weisen wissen, sind Worte oft Schall und Rauch. Zusammen mit dem Wort verpufften auch die fünfzigtausend Dollar und die Hoffnung, der Strafe zu entgehen. Das Exil des Champions dauerte also noch lange, so lange, bis er Buddy irgendwo in Europa zu Grabe trug und seine Mutter zu kränkeln begann. In die Ringe in Frankreich und Spanien und später dann in Lateinamerika stieg er, um mit jedem einen Boxkampf auszutragen, der ihm eine leidliche Summe zum Überleben zusicherte. Selbst zwei Kämpfe an einem Tag, und wenn er geboxt hatte, machte er am Abend weiter und spielte noch einen Kontrabaß, der so groß war wie ein Schrank.

Überall, sogar in Patagonien, heißt es, baute er sich vor einem Gegner auf, mit seinem Angeberlächeln, das ihn so verhaßt machte. Aber niemand konnte der Klasse eines Champions Paroli bieten, der – linker Haken gegen die Schläfe, kurzes seitliches Ausweichen, hoher gerader Stoß und gezielter Aufwärtshaken gegen das Kinn – um die Welt reiste, um das Fürchten zu lehren.

Doch im Angesicht eines anderen, eines namenlosen Gegners erschien Jack, im Herbst des Jahres 28, die Welt dann plötzlich doch zu groß. Er hob den Arm, um zuzuschlagen, und fühlte die schwere Hand, die Beine, hart wie Marmor, den kalten Schweiß am Leib. In der Ecke, es war zwischen der sechsten und siebten Runde, sah er Buddy Miles wieder, wie er ihm mit seinem schiefen Gang entgegenkam. Er hatte das Handtuch über die Schultern gelegt und den Eimer in der Hand und wirkte überhaupt nicht wie tot. Er wischte ihm mit dem Schwamm über das Gesicht und gab ihm die üblichen Tips, mimte mit der Rechten einen Haken, um überraschend von unten zu kontern. Und während Flanagan ihn schüttelte, um ihn nach dem Gong wieder in den Ring zu schicken, sah Jack, wie der alte Miles ins Publikum hineinstieg, auf seine Mutter zuging, die in der ersten Reihe saß, ihr beim Aufstehen half und sich dann zu ihm wandte, um ihm zuzuwinken. In derselben Nacht starb Johnsons Mutter, und ein paar Tage später kehrte der Zigeuner mit dem Angeberlächeln in seine Heimat zurück und ließ sich festnehmen.

Die folgenden Jahre waren nicht gerade aufregend. Aufregend ist der Sieg, der Erfolg, nicht der Knast und das wenige, was dir ein Leben im Anschluß daran noch läßt. Doch Leben war es, und Jack wußte es gut zu nutzen. Auch wenn man ihn nicht so oft wie früher am Steuer eines Sportwagens Marke Duesenberg sah, leistete er sich weiterhin seine Vergnügungen, gönnte es sich, seine Runden unter Einhaltung der Regeln zu kämpfen. Es waren nicht immer die des Gesetzes, denn gewiß machte er auch etwas undurchsichtige Dinge, aber Dinge, wie sie Menschen eben machen.

Eines Tages traf er Sam McVey, einen alten Freund, einen Schwergewichtler, dem er Jahre zuvor ordentlich zugesetzt hatte. Sam war krank und traurig, schlecht gekleidet wie viele einst gefeierte Champions, denen es jetzt, da sie von der Welt vergessen waren, dreckig ging.

»Ich muß sterben, Jack, und bin verzweifelt. Ich habe keinen Platz, wo ich als Lebender bleiben kann, und nicht einmal einen für nachher, wenn ich gegangen bin«, sagte er unter Tränen, und Jack wußte, was zu tun war: Er kratzte das letzte Geld zusammen, das er beiseite gelegt hatte, und begleitete Sam zu einem Funeral House, um ihm ein schönes Begräbnis zu kaufen.

Der 10. Juni 1946 war ein strahlender Tag in Raleigh, North Carolina, und Johnson war unterwegs zu einer Verabredung mit einem Journalisten von der *New York Times*. Merkwürdigerweise fuhr er einen alten Ford, für seine Verhältnisse bescheiden. Ein Auto ohne Namen, schwarz wie die Kohle.

Er fuhr schnell, weil er wie immer spät dran war. Mit achtundsechzig Jahren hatte er noch immer nicht dem Laster entsagt, schönen Frauen den Hof zu machen, vor allem dann, wenn ihre Haut die

Farbe der Milch hatte. In dem Lokal, in dem er für ein Bier haltgemacht hatte, unterhielt er sich mit einer Kellnerin namens Bella und spielte für sie den Hanswurst.

»Derselbe Name wie die Nutte, die mich damals so in die Bredouille gebracht hat«, sagte er und fing an, ihr die Geschichte zu erzählen, die vor dreißig Jahren den Vorwand geliefert hatte, ihn aus dem Land zu schmeißen. Er zeigte ihr ein paar Boxerbewegungen, ließ sie seinen Arm berühren, der auch in diesem Alter noch wie ein Baumstamm war. Dann versprach er ihr, sie ein paar Wochen später in den Ring mitzunehmen, zu einem der Schaukämpfe, die er noch veranstaltete, um ihr zu zeigen, was eine wirkliche Abwehrparade mit den Fäusten ist. Er forderte Joe Jeanette heraus, gegen den er nur sieben Monate zuvor angetreten war, und ließ das Publikum träumen, das ihm nicht einmal Beifall geklatscht hatte, als er noch ein junger Mann war, ein Anfänger!

Das Auto steuerte auf die Verabredung zu, und vielleicht, um sich auf das Interview vorzubereiten, ging Jack im Kopf noch einmal sein Leben durch. Er sah seine Mutter, die ihn als Kind »Feigling« genannt hatte, weil er den Raufereien mit seinen Spielkameraden aus dem Weg ging, und er hörte wieder dieselbe Beleidigung, die ihm die Leute nach einem Sieg zuriefen. Er sah sich klein und mager im Baumwollfeld, wo er seinen Großeltern half, und dann als bereits kräftigen Jugendlichen mit den Jutesäcken über den Schultern im Hafen von

Galveston, zusammen mit seinem Vater. Er sah die Gesichter der Leute, mit denen er gekämpft hatte, hartgesottene Burschen wie Marvin Hart, Bob Fitzsimmons, Sam Langford, und auch den alten Jeanette, mit dem er nicht weniger als acht Kämpfe ausgetragen hatte.

In der kleinen Kabine, die über den Asphalt dahinglitt, erschienen ihm noch einmal Buddy Miles' Tränen, damals, nach Havanna, und diese Erinnerung brachte ihm auch das Lächeln des Anwalts ins Gedächtnis, der ihm Geld und die Freiheit versprochen hatte, gegen eine Niederlage, die ihm noch immer im Bauch brannte wie ein Messerstich. Ein solches Leben kann man nicht erzählen. Wie soll ich einem Yankee-Schreiberling erklären, was es heißt, ein Champion mit der falschen Farbe zu sein? Ein solches Leben wird nur geträumt, es wird nachts gekämpft, im Schlaf, in einem Kampf mit sechzehntausend Runden. In einer ganzen Nacht.

Im engen Raum dieser Kabine verdichteten sich Jack Johnsons nicht enden wollende Kämpfe zu einem watteartigen Nebel, undurchdringlich, der ihm den Blick verdunkelte. Die Straße, auf der er heranraste, mündete in die Madison Street, jenseits einer breiten Kreuzung mit dichtem Verkehr in dieser Stoßzeit, und die Ampel in Johnsons Richtung stand auf Rot, während der Champion in seine Bestandsaufnahme vertieft war.

Er sah nicht, er sah schlecht, vielleicht sah er auch die falsche Farbe. Und so geschah es, daß er mit voller Wucht in einen Lastwagen hineinfuhr, der

91

ganz ruhig die Straße überquerte, und dieser K.o.-Schlag brachte ihn ums Leben.

Die ersten Helfer, die ihn, bereits tot, aus dieser sinnlosen Masse von Trümmern zogen, berichteten, daß auf seinem Gesicht noch ein Lächeln war, sein Lächeln eines schwarzen Angebers, dieses unauslöschliche Markenzeichen des Champions.

Nuvola, die Wolke

Am 20. Oktober 1930 startete Tazio Nuvolari mit seinem Alfa Romeo 1750 in Mantua zu einer Erkundungsrunde. Der Himmel war heiter, und der Wagen gehorchte ihm wunderbar, ein folgsames Pferd aus Stahl, bei dem man, zur großen Freude des Piloten, auch einmal die Zügel schleifen lassen durfte. Tazio war glücklich, war doch das Jahr bisher wie ein einziges Wunder gewesen. In letzter Zeit hatte er viele Rennen gewonnen, unter anderem die Mille Miglia, bei der ihm die Genugtuung vergönnt war, nach einer rasanten Aufholjagd Achille Varzi zu schlagen. In Ancona hatte er noch eine gute Minute hinter Achille gelegen, was ihn wurmte und in Spannung hielt. Bei jedem Stopp hatte er die Mechaniker um Zustimmung gebeten, das Äußerste aus seinem Fahrzeug herausholen zu dürfen, aber sie forderten ihn auf, noch abzuwarten, den Motor zu schonen und auf Zeit zu spielen. Sie sagten »Warte!« zu ihm, zum Wind, zu jemandem, der sich lieber in Stücke hätte reißen lassen, als besiegt zu werden.
Als Tazio in der Stadt am Fuße des Conero eintraf, grübelte er über Unerfreuliches nach und verspürte plötzlich einen Druck in der Brust. Ich akzeptiere es, wenn ich verliere, dachte er, wenn alles schiefgeht,

wenn ich das Gefühl habe, daß meine Arme die Kurve nicht so nehmen können, wie sie sollten, aber hier klingt das Getriebe doch wie ein Orchester, und wenn ich auch nur aufs Gas tippe, hänge ich alle anderen ab. Dann schaute er auf die Uhr, schätzte ab, wie lang die Strecke war, die noch vor ihm lag, und um die Ruhe zu bewahren, sagte er laut vor sich hin, daß es sicher ein kluger Rat war, den Wagen zu schonen, ein geschickter Schachzug, reine Taktik. Doch während er sich mit dem Verstand vom Vorteil einer solchen Besonnenheit überzeugte, nahm er mit den Sinnen, den Händen, der Nase die Luft wahr, die angespannt war von der Geschwindigkeit, und vernarrt, wie er in sie war, packte ihn wieder der Wunsch, wie ein Wahnsinniger zu rasen.

Er traf in Ancona ein, für die Rennpause, und diskutierte angeregt mit der Mannschaft, mit zur Faust geballten Händen und zusammengebissenen Zähnen. Sie waren die Mechaniker, und er war der Pilot, sie hatten ihn bis hierher gebracht, und das war auch gut so, aber Varzi lag eine gute Minute vor ihm, und jetzt verlangten sie von ihm, langsam zu machen.

»Ich bin es«, sagte er beinahe schreiend, »der weiß, wie und wann man zu beschleunigen hat, der Fahrer ist es, der die Grenze bestimmt, der Forscher bin ich!«

Die Mechaniker warfen sich Blicke zu. Ein Auto ist Mechanik, ist Wissenschaft, ist ein einziges ineinandergreifendes Räderwerk, konstruiert nach einem Plan, und dieser Plan war ihnen durch und durch bekannt: soundso viele Umdrehungen pro Minute, soundso großer Widerstand. Präzise Berechnungen, zwei mal zwei macht immer vier. Aber jetzt hatten sie einen Besessenen vor sich, den Champion, der gegen den anderen in die Schlacht zog und der ein bißchen Wagemut forderte, um allen zeigen zu können, wer der Bessere war. Vor ihnen stand Nuvolari, brüllend, mit wildem Blick, beinahe schon eine Legende: Und die Mathematik knickte ein. Sie hatten Angst und Achtung vor diesem kleinen Mann, der wie ein Flieger gekleidet war, und deshalb gaben sie ihm grünes Licht, sagten ihm, er solle losfahren, die Mechanik restlos, schonungslos ausschöpfen, und Nuvolari schonte sich wahrlich nicht: Sich selbst rieb er bei der Verfolgungsjagd auf, und sein Auto fuhr er zuschanden.

Noch Jahre später sah er, wenn er vor dem Einschlafen die Augen schloß, die Kurven wieder und die geraden Strecken, die er bei dieser Schinderei entlanggerast war; sie mündeten ins Dunkel der Nacht, das aufgerissen wurde von den Scheinwerfern, ein wahrhaft rasender Traum, in dem es die Welt an den Rändern der Straße zwar noch immer gab, aber verschwommen und verzerrt vom Tempo des Alfa. Kurz hinter Peschiera hatte er seinen Rivalen eingeholt, hatte auf ihn gezielt wie ein Jäger, der sich seiner Sache sicher ist, der das Leben eines Fasans einen Augenblick lang in der Schwebe hält, bevor er den Herrgott spielt und über Tod oder Leben entscheidet.

»Jetzt entkommst du mir nicht mehr, mein Prinzchen«, hatte er vor sich hin geknurrt, »jetzt spieße ich dich auf, mit vollem Karacho, und mich siehst du erst in Brescia wieder, im Restaurant.« Er legte also die Hand auf die Hupe, und hupend schoß er wie eine Rakete an seinem Rivalen vorbei. Varzi lächelte ihm aus dem Fenster zu, hätte aber Lust gehabt, sich aus dem Staub zu machen und das Weite zu suchen.

An jenem Nachmittag im Oktober 1930 jedoch steuerte Nuvolari, während sein Alfa über die Ebene sauste, durch seine Erinnerungen. Er dachte an die Vergangenheit, an das, was er gut gemacht hatte, an seine Wettkämpfe, die bereits Heldentaten waren, und die Zukunft erschien ihm noch verheißungsvoller. Er liebte das Rennen, er liebte das Fliegen, und in diesem roten Flitzer, der über die Ebene fegte, hätte er jetzt Lust gehabt, abzuheben und sich die Stadt von oben anzuschauen, immer höher und höher aufzusteigen, eine Wolke zu sein, die über den Himmel huscht, in der Höhe zu schweben, grenzenlos, und Vollgas zu geben.

Er dachte daran zurück, wie er als Junge einer Werkstatt das Wrack einer Blériot abgekauft hatte. Mit seinem Freund Paoletto Rossini hatte er die Trümmer des Doppeldeckers zusammengesetzt, aber der wollte vom Fliegen nichts mehr wissen. Schnaubend schleppte er sich mühsam über die Wiese und erinnerte eher an eine traurige alte Mühle als an ein robust gebautes Flugzeug. Paoletto hätte gern aufgegeben, aber Tazio stellte schon damals die Hartnäckigkeit unter Beweis, die ihn legendär machen sollte: Er konstruierte ein kompliziertes Gerät aus Winden und Seilen und hievte das arme Flugzeug

auf das Dach seines Bauernhauses. Mit einer gehöri-
gen Portion Leichtfertigkeit kletterte er in den Pilo-
tensitz, genoß im voraus den Sprung hinauf zu den
Wolken, die ihm aus der Höhe zusahen. Dann warf
er den Motor an und gab seinem Freund das Signal,
das Katapult zu lösen.

»Das ist ein Flugzeug!« brüllte er, während er sich
selbst startklar machte. »Deshalb muß es fliegen, ob
es will oder nicht!«

Aber der Flug dauerte nur einen Augenblick: Der
Motor stieß einen verzweifelten Schrei aus, und
die ruhmreiche Blériot landete unter dem Gejohle
und Gelächter der Zuschauer wenig würdevoll in
einem Heuhaufen. In der Verwirrung, in dem ganzen Durcheinander von Tragflächen, Heuhalmen
und erschrockenen Hühnern, unter den Klapsen und
Hänseleien derer, die diesen tollkühnen Versuch
miterlebt hatten, traten Tazio zwei Tränen der Wut
in die Augen. Wegen dieser Blamage natürlich und
wegen der Wolke, die er nun nicht hatte durchstoßen
können.

Im Geiste vorwärts und rückwärts zu wandern erinnert ein bißchen ans Autofahren: Man driftet über
die Kurven auf einem Gesicht oder fährt dem Auf
und Ab eines Gesprächs noch einmal nach, und während man versucht, zu bremsen oder zu schalten,
gleitet der Gedanke schnell über etwas hinweg, und
plötzlich merkt man, daß man ins Schleudern geraten ist und sich um die eigene Achse dreht. Und
genau das passierte Tazio, damals: Inmitten seiner
Erinnerungen verfuhr er sich. Und tatsächlich, als er

die Augen wieder auf die Straße richtete, begriff er, daß viel Zeit vergangen und er von Mantua zu weit nach Süden gefahren war und beinahe schon Reggio Emilia erreicht hatte. Es war nicht nur spät geworden, auch der klare azurblaue Himmel war jetzt dunstig und kalkgrau, und schon fielen dicke Tropfen auf den Asphalt.

Ich Trottel, sagte der Champion zu sich, ich leiste mir eine überflüssige Dusche und sollte doch nur eine Testrunde drehen, und dabei bin ich eingenickt wie irgendein Amateur. Er kontrollierte die Treibstoffmenge, verschaffte sich einen Überblick und versuchte festzustellen, wo genau er sich befand, um dann den Rückzug anzutreten. Aber der Regen stürzte wie aus Kübeln herab und verwandelte die Straße im Handumdrehen in ein Meer.

Nuvolari versuchte, mitten im Unwetter etwas zu erkennen, bog zwei- oder dreimal um die Ecke, ohne eine präzise Richtung, weil es auch für einen Champion schwierig ist, sich in einer solchen Brandung zu orientieren. Und wenn die Götter einmal beschlossen haben, sich auszutoben, dann vermag keine Geschicklichkeit der Welt sie zurückzuhalten, dann hilft überhaupt nichts mehr. Ob es wegen des Wassers war? Jedenfalls nieste der Alfa ein paarmal, als habe er sich erkältet, dann fing er an zu husten, wurde immer langsamer und zwang den Piloten schließlich, an den Rand zu fahren.

An der Straße sah Nuvolari ein schönes Portal, aus massivem Holz mit einem breiten, windgeschützten Torweg. Er ging darauf zu, um Schutz zu suchen. Das

Schild auf dem Tor wies das Haus als Kloster aus, und der Champion klopfte an. Von der anderen Seite fragte eine Stimme, wer um Hilfe bitte, und er antwortete: »Tazio Nuvolari, der Rennfahrer. Mein Auto ist stehengeblieben, und ich bin naß bis auf die Haut.« Dann fügte er hinzu: »Ich bitte um Schutz vor dem Regen, bis dieses Höllenwetter vorbei ist.«

Das Tor öffnete sich, und vor ihm erschien ein Mönch mit Kutte, Bart und einem freundlichen Lächeln.

»Wenn das die Hölle ist, dann können wir beruhigt sein«, sagte er. »Es ist nur ein Wutanfall der Wolken, bloß ein Wolkenbruch«, und er winkte den Champion herein. Dann sah er ihm in die Augen und sagte: »Nuvolari? Ich bitte um Verzeihung, aber diesen Namen habe ich noch nie gehört. Na ja, was willst du, wir sind eben scheue Leute, leben zurückgezogen von der Welt und sind wenig neugierig. Dann bist du also ein Rennfahrer. Einer, der Autos fährt, vermutlich. Einer, der an Autorennen teilnimmt ...« Und während er das sagte, starrte er ihn weiter an, als hätte er noch nie ein so seltsames Wesen erblickt. Mit einem Lächeln und einem leichten Kopfschütteln fragte er sich wohl, ob dieses in Leder gepackte Wesen wirklich ein Mensch war.

Tazio erstarrte. Insgeheim verdarb ihm sein Stolz die Laune. Es waren Tage des Ruhms, und er war Sieger gewesen bei dem schönsten aller Rennen, das die Menschen am Rand der Straßen zum Träumen brachte. Tausende von Italienern warteten die ganze Nacht hindurch, nahmen, wenn es sein mußte, auch

Kälte und Regen in Kauf, nur um ein Auto vorbei-
flitzen zu sehen, um es dröhnen zu hören und unter
dem ledernen Helm hinter der Pilotenbrille das ge-
liebte Gesicht eines Champions zu erkennen. Um
mit dem Finger auf ihn zu zeigen, seinen Namen zu
rufen, sich vorzustellen, selbst mit hundert Sachen
in diesen Boliden herumzusausen. Um zu träumen.
In ganz Italien hatten sie ihm zugejubelt, Photos
in den Zeitungen, Reportagen im Radio, und noch
nach Wochen machten seine Heldentaten von sich
reden. Und jetzt dies: Dieser lächelnde Mönch, der
so tat, als wisse er von nichts, als wäre von diesem
ganzen Trubel, den er, Tazio Nuvolari, da draußen
ausgelöst hatte, nichts durch die Mauern dieses Klosters gedrungen, als wäre er nur irgendein Spinner.
Ein Rennfahrer, einer, der Autos fährt. Vermutlich.

Er hätte Lust gehabt, ihm zu antworten, daß er
ein Symbol der modernen Zeit und für viele ein
Held mit Talent und Courage war, daß man sich in
diesem Leben durchaus dafür entscheiden kann, sich
von der Welt zurückzuziehen und über das Geistige
und das Göttliche nachzudenken, daß es aber auch
die Materie gibt, das Eisen, und Leute, die es be-
arbeiten, die es schmieden müssen. Und daß es da
draußen oft regnet, daß es wirklich eine Hölle ist,
eine Hölle aus Schlamm, aus dem schwarzen Rauch
von Abgasen und Öl, der auch die reinste Seele be-
fleckt. Das hätte sein Stolz gern gesagt, doch inzwischen waren sie in einem geräumigen Zimmer angekommen, spartanisch eingerichtet, wenige Stühle,
ein Tisch und ein großes Kruzifix; der Mönch machte

ihm ein Zeichen, Platz zu nehmen, und stellte ihm ein Schlückchen vom Nußlikör, einer lokalen Spezialität, einem göttlichen Nektar, in Aussicht.

Die Schlichtheit, der angenehme Geruch nach Bohnerwachs und Holz und schließlich die Freundlichkeit des anderen ließen es angeraten sein, erst einmal zu schweigen und die Ruhe zu bewahren. Es ist egal, sagte er sich, es ist doch wirklich egal. Hier drinnen ist man nicht ganz von dieser Welt, und es ist besser, man sagt nichts. Aber vor dem Glas Likör und dem heiteren Blick seines Gastgebers konnte er der Versuchung nicht widerstehen, sich zu rechtfertigen und ihm zu erklären, warum er Autorennen fuhr.

»Wir sind wie Forscher«, fing er an, ohne irgendeinen Anflug von Groll, »wir probieren neue Maschinen aus, experimentieren mit neuen Getrieben, mit modernen Lösungen, wir wenden sie auf die Fahrzeuge an, die wir dann beim Rennen testen. Aber es ist nicht nur das, mein lieber Bruder, es ist auch die Freude am Fahren, am schnellen Fahren, am Wettkampf. Es ist, als wären wir Schauspieler, nur daß wir keine Texte von Shakespeare interpretieren, sondern den Raum und die Zeit. Wir beschleunigen. Gibt es etwas Moderneres? Wir wollen in jeder Hinsicht vorankommen, und das gefällt den Menschen: Sie lieben unsere Wettkämpfe, sie lieben es, davon erzählen zu können.«

In diesem kahlen Raum, den schweigenden Mönch vor sich, fuhr Tazio fort zu reden, und er erzählte von sich, erzählte von seiner Welt. Er erzählte von seiner

Leidenschaft für die Geschwindigkeit und die Motoren. Er erzählte, daß er einmal mit dem Motorrad, bei der Tourist Trophy, so dicht an einer Mauer entlangschrammte, daß ein Stück seines Fingers abriß, daß er aber trotzdem weiterfuhr, weil es zu schön war, dahinzujagen, zu sehen, wie die Dinge sich zusammendrängten, an den Rand der Piste rutschten, wie die Welt verschwand. Er erzählte, wie ihm zumute war, wenn ihn vor dem Start dieser merkwürdige Kitzel überfiel, an seiner Seele nagte und ihm fast weh tat vor lauter Lust, vor allen anderen ins Ziel zu gelangen.

»Stellen Sie sich vor, Pater, ich habe mir schon viele Knochen gebrochen«, erzählte er. »Schon manches Mal hat man mich eingipsen müssen, und trotzdem habe ich mich, noch eingewickelt wie eine Mumie, in den Sattel geschwungen und bin losgeprescht, um dieser Raserei, die mir keine Ruhe läßt, Einhalt zu gebieten.«

In einem kahlen Raum, vor einem Kruzifix sitzend, nahm Nuvolari ein imaginäres Lenkrad in die Hand und erklärte dem Mönch, wie man einen Alfa 1750 steuert und was seine besondere Technik ausmacht, seine ganz spezielle Methode, in die Kurve zu gleiten. Er beschrieb die Art und Weise, wie er die Front des Autos auf die Innenseite der Kurve ausrichtet und so hart einlenkt, wie das kein anderer Pilot konnte. Sie, die anderen, bremsten viel früher ab, während er das Bremspedal kaum berührte, seinen Wagen nur mit einem plötzlichen Schwenk quer stellte, mit durchgetretenem Gaspedal. So drehte sich die Maschine in der ganzen Kurve sozusagen mit dem Strich, während er sie, mit Kupplung und Lenkrad spielend, auf der Straße hielt, bis sie sich, fügsam und folgsam, der neuen Strecke geradeaus darbot, nach vorn gerichtet, bereit, wieder zu beschleunigen.

Tazio redete und redete, erläuterte dem Mönch jedes seiner Manöver, bis er das Gefühl hatte, seit unendlicher Zeit zu reden, dem anderen Mann gegenübersitzend, der ihm geduldig zuhörte. Er sah sich selbst so, wie er war – erregt, die eine Hand auf einem Schaltknüppel, der nicht da war, und die andere, nach vorn gestreckt, fuchtelnd, um zu schildern, wie er das Phantom namens Varzi überholte, und er schämte sich. Mit gesenkter Stimme sagte er:

»Entschuldigen Sie, ich habe gar nicht gemerkt, daß ich Sie zu lange aufgehalten habe, wer weiß, was Sie alles zu tun haben. Sie haben meinetwegen eine Menge Zeit verloren, aber ich wollte Ihnen nur erklären ...«

Der Mönch stand lächelnd auf und sagte:

»Das macht nichts, den Leuten zuzuhören ist mein Beruf. Du fährst Auto, und ich bleibe, wo ich bin. Jeder hat seine Aufgabe. Auch der Regen, das hast du ja selbst gemerkt: Er ist es gewesen, der dich zum Reden gebracht hat. Aber jetzt ist es wirklich spät, Signor Nuvolari, und der Regen hat aufgehört. Bitte sehr, ich zeige dir den Weg.«

Ein wenig verlegen folgte Tazio dem Mönch auf dem Weg zum Tor. Und als er sah, daß es nicht mehr regnete und daß der rote Alfa dastand und auf ihn wartete, kam es ihm vor, als sei alles noch so wie zuvor. Seine gute Laune kehrte zurück, und mit einem kühnen Satz landete er wieder hinter dem Steuer.

»Das also wäre die Dame deines Herzens«, sagte der Mönch lächelnd zum Champion. »Sie ist tatsächlich schön und elegant. Ich verstehe, daß man es ihretwegen auch übertreiben kann.« Dann hob er die Stimme, um den Lärm des startenden Motors zu übertönen: »Aber erinnere dich an den Himmel, denk auch an die Wolken, denk ans Gewitter.« Er winkte zum Abschied und schloß das Portal, während Tazio bereits Gas gab.

Viele Jahre später, bei einer anderen Mille Miglia, geriet Nuvolari erneut in einen Wolkenbruch. Es war das Jahr 1948, und er, bereits eine Legende, raste auf Reggio zu, mit einem gewaltigen Vorsprung vor seinem Verfolger. Auf beiden Seiten der Straße ließen ihn die Leute, während er vorbeisauste, hochleben und labten sich an der Tollkühnheit, die dieser kleine Mann an den Tag legte. Wenn man hinter einer Absperrung stand und ihn vom Straßenrand aus sah, dann erschien er wirklich wie ein Blitz, rot und schwerelos, der zuckend und zischend über den Asphalt flitzte. Tazio lenkte, weil er zu lenken verstand, aber es drückte ihn eine Last gegen das Lenkrad. Er war siebenundfünfzig Jahre alt, und die Scuderia Alfa hatte ihn abgeschüttelt, um sich den viel jüngeren Varzi zu halten. Deshalb hatte er sein Glück im Ausland suchen müssen, in Deutschland. Er wählte die silbernen Rennwagen der Auto Union und führte sie zum Sieg, doch die Last quälte ihn weiter. Seine beiden Söhne starben, einer nach dem anderen, und er fing an, aus der Lunge zu bluten von all den Abgasen, die er eingeatmet hatte, vielleicht auch, weil langsam die Seele aus ihm wich, und er war verzweifelt. In Mailand fuhr er den Gran Premio del Parco mit nur einer Hand am Steuer, in der anderen hielt er ein Taschentuch, um das hervorquellende Blut aufzufangen.

Diese Mille Miglia, vollkommen von ihm beherrscht, erschien ihm wie eine kleine Retourkutsche. Jung zu siegen ist keine Kunst. Jeder ist ein Held, wenn er frische Kraft, heile Knochen und das Leben vor sich hat. Aber wenn man erst einmal die ganze Welt überholt hat, verlangsamt sich plötzlich alles und erstarrt im Innern zu Eis, verliert seinen Sinn. Dann wird das Siegen zur Großtat, die niemand nachvollziehen, die man nicht erklären kann.

Im Jahr zuvor hatte Nuvolari und Cisitalia nur noch ein Stückchen vom Ziel getrennt, aber dann hatte ihn das Auto abgeworfen, wegen irgendwelcher blödsinnigen Kontakte und Funken. Eine Lappalie, die ihn jedoch um den Sieg und damit um ein weiteres Stück Leben gebracht hatte, von dem wenigen Leben, das ihm, dem Blutspuckenden, noch blieb.

Auch an diesem Tag des Jahres 1948 spielte der Himmel dem Champion einen Streich. Er hatte sich vorgenommen, als erster in Reggio einzutreffen, und zwar mit großem Abstand, aber genau dort, auf der Landstraße, fing sein vom Regen überschüttetes

Auto zu niesen an, tat zweimal einen Ruck und zwang den Piloten, zur Seite zu fahren. Mitten im Sturm, den Blick verschleiert von der Wut über diese erneute Niederlage, diese Ohrfeige, schaute sich Tazio verzweifelt um, hatte er doch das Gefühl, einen alten Traum, einen endlosen Alptraum zu träumen. Ihm wurde klar, daß er hier schon einmal vorbeigekommen war, vor vielen Jahren, bevor alles begonnen hatte. Er stieg aus dem Wagen, um sich zu überzeugen.

Das Portal war so, wie er es in Erinnerung hatte, aus massivem Holz, und den Torweg, in dem er vor einem anderen Unwetter Zuflucht gesucht hatte, gab es auch noch. So war es ganz natürlich, daß er an das Tor klopfte, und er wünschte sich, daß dieselbe Stimme wie damals antworten möge. Und so geschah es: Auf das energische Klopfen des Champions wurde von innen gefragt, wer um Hilfe bitte, und er schrie beinahe zurück: »Ich bin es, Tazio Nuvolari, der Rennfahrer! Ich suche Schutz!« Als wären nicht Jahre vergangen, sondern nur wenige Minuten.

An der Tür erschien das bekannte Gesicht mit dem Bart, dem offenen, freundlichen Lächeln und dem zum Himmel gewandten Blick.

»Man muß also auf ein Unwetter warten, bis man dich einmal vorbeikommen sieht«, sagte der Mönch zu ihm, öffnete das Tor, winkte ihn herein und umarmte ihn wie einen alten Freund. Scheinbar hatte sich seit der fernen Zeit, als sie sich wegen des Unwetters begegnet waren, wirklich nichts verändert – dieselben Geräusche, dieselben Schritte, derselbe

Kreuzgang und dann dasselbe kahle Zimmer mit den wenigen Stühlen, dem großen Kruzifix und schließlich sie, die beiden, einander gegenübersitzend. Vielleicht war es diese Wiederholung, die wie ein Hebel wirkte, vielleicht war es aber einfach nur das Leben, das gräbt, kratzt und schmerzt, jedenfalls fühlte Tazio Nuvolari in dieser Stille, wie sich etwas von jener Last, die in seiner Brust verankert war, in Bewegung setzte, herausplatzte. Im Angesicht des Mönchs und der stehengebliebenen Zeit sah er vielleicht sich selbst, wie er, viele Jahre zuvor, gepackt war von dem Verlangen zu erklären, wo seine Welt anfing und wo sie endete, wohin er wollte, welche Strecken er bereits zurückgelegt hatte und welche er noch zurückzulegen gedachte. Alles verdichtete sich zu diesem Augenblick, alles schien sich genau jetzt zu ereignen, und auf seinem staubbedeckten Gesicht zeigten sich Kilometer von Tränen, ein lautloser Motor des Weinens.

Der Mönch trat zu ihm und schloß ihn fest in die Arme, und als der Champion ihm bedeutete, daß er sprechen wolle, sagte er:

»Sei still, es ist unwichtig, ich weiß schon alles. Du bist viel gefahren, und du kannst nicht mehr zurück. Autorennen zu fahren ist kein Kinderspiel, vor allem jetzt, da du keine Rennen mehr fahren kannst, sondern nur noch fliehst mit der Last des Lebens und der der Menschen, die dir vom Straßenrand aus zuschauen. Sie feuern dich an, sie reden über dich, sie erzählen, sie wollen träumen. Sie nennen dich Nuvola, die Wolke, sie bewundern dich von unten und

sehen dich fliegen, legendäre Heldentaten vollbringen, Himmelswerk.«

Dann reichte er dem Champion ein Taschentuch,
und während sich Tazio die Tränen trocknete, sagte
der Mönch:

»Siehst du, das ist dein Wolkenbruch.«

Nuvolari stand auf, ließ sich noch einmal umar-
men und folgte dann dem Mönch zum Ausgang,
ohne etwas zu sagen. An der Pforte verabschiedeten
sie sich voneinander, und erst als sie vor seinem Auto
standen, gelang Tazio ein Lächeln, und er sagte:

»Danke, vielleicht ist es so, wie Sie sagen, und es
war gut, daß es geregnet hat. Aber der Regen und das
Wasser haben einen vorgezeichneten Weg: Sie fallen
herab, fließen davon und strömen ins Meer. Ich aber
bin gegen alles und gegen alle gefahren, ich habe
sämtliche Straßen der Welt befahren und weiß noch
immer nicht, wo ich ankommen muß.«

Nuvolari fuhr nur noch selten, nahm bloß noch an
ein paar Autorennen teil, bis zum letzten, einem
Bergrennen Palermo–Monte Pellegrino, das er, natürlich, gewann. Da war er achtundfünfzig Jahre alt
und hatte nur noch drei zu leben, aber wer weiß, ob
das ein Leben war, im Stillstand, ohne ein Fahrzeug
zu lenken.

Er starb in seinem Bett, in Mantua, einen Tag
nach einem Unwetter.

Die Widerstandskraft
des Langstreckenläufers

Am 27. Juni 1968 verließ Emil Zátopek frühmorgens sein Haus und trabte im Laufschritt, wie immer, in Richtung Stadtrand, bereit, seine Trainingskilometer zurückzulegen. Auch wenn er seit einigen Jahren nicht mehr an Wettkämpfen teilnahm, wollte er doch auf dieses tägliche Programm nicht verzichten. So wiederholte er, mit zur Seite geneigtem Kopf und schmerzverzerrtem Mund, jeden Tag das Ritual, das ihn seit frühester Kindheit fasziniert hatte − nicht das Ritual des Laufens, sondern das der Anstrengung: Siebenundzwanzig Jahre zuvor hatte er in Zlín, gleich nach Beendigung seines ersten Wettrennens, geschworen, sich niemals wieder an Wettkämpfen zu beteiligen. Es lohnte sich nicht. Er hatte das Ziel nach eintausendvierhundert Metern der Qual erreicht, nach einer ganzen Ewigkeit, während deren er versucht hatte, genug Atem und Kraft zu schöpfen, um noch den zweiten Platz zu erreichen. Auf dem Podest, unter den Klängen der Kapelle, hatte ihm der Delegationsleiter die Hand gedrückt, ihn beglückwünscht und ihm eine ruhmreiche Zukunft vorhergesagt. Es war ein rüstiges Männlein mit Pausbacken, vielleicht ein Drogist, sehr eingenommen von seiner Rolle, und der junge Zátopek setzte, verlegen, wie er war, eine ernste und höfliche Miene auf. Er bedankte sich und versicherte, daß er alle seine Kräfte aufbieten und fleißig laufen werde. Als Preis überreichte das Männlein ihm einen vergoldeten Füllfederhalter.

Ein paar Stunden später, als er mit dem Zug nach Kopřivnice zurückfuhr, nickte der junge Mann ein, hin und her gewiegt von dem schaukelnden Gefährt, eingehüllt in die Wärme des Waggons, und träumte, er laufe vorneweg, um den Zug zu ziehen. Er lief auf den Metallschienen, aufgezäumt wie ein Pferd und angeschirrt an die Dampflokomotive, die kalt und stumm blieb und ihn schleppen ließ. Und er lief und zog, als wäre er ein Herkules oder ein Atlas, er schwitzte und litt, legte, sich abschindend, die Kilometer zurück und traf schließlich in Kopřivnice ein, und seine Eltern, Dana, seine Frau, und die Leute, alle dankten ihm und jauchzten vor Freude, während sie aus dem Zug stiegen. Als der Eisenbahnzug mit einem Ruck anhielt, tauchte zwar tatsächlich der Bahnhof vor ihm auf, aber die Wartebank war leer, und alles entschwand, bis auf die Plackerei. Eilends stieg er aus dem Wagen und lief nach Hause.

Von da an hatte er nicht mehr aufgehört zu laufen, zu rennen. Er hatte sich ein ganz spezielles Trainingssystem ausgeklügelt und lief nun an einem Tag fünfzehnmal vierhundert Meter über die Wiese, am nächsten Tag zwanzigmal eine Strecke von zweihundert Metern, immer wie der Wind – bei Regen, bei Sonnenschein, bei jedem Wetter. Er zog sogar Armeestiefel an, um die schwierigsten Bedingungen auszuprobieren, Dinge, die ihm besonders schwer fielen, damit er bei einem Wettkampf das Laufen als Erleichterung empfinden und sein Ziel mit mehr Leichtigkeit erreichen könne. Infolge dieser aufreibenden Mühsal, dieser fortgesetzten Strapazen grub sich in Zátopeks Gesicht eine Grimasse ein, die häßlich anzusehen war, ein Ausdruck echten Leidens. Aber Leuten, die ihm diesen Makel vorhielten, dieses Laufen nach Art eines Zugpferds, ohne jegliches Bemühen um Eleganz, pflegte der Champion zu antworten:

»Das macht nichts. So sieht man wenigstens, daß ich nicht zwei Dinge gleichzeitig tun kann. Mein Talent reicht nicht aus, um zu laufen und gleichzeitig zu lächeln.«

An jenem Junimorgen war er bereits ein Mythos, ein Held des böhmischen Volkes. Er hatte Olympiaden und Europameisterschaften gewonnen und Weltrekorde aufgestellt. Achtunddreißigmal war er als erster durchs Ziel gelaufen; zwischen 1948 und 1954 war es niemandem gelungen, ihn zu überholen, und er hatte sich sogar die Freiheit genommen, es ein bißchen weit zu treiben: Bei der Olympiade in Helsinki hatte er bereits den Fünftausend- und den Zehntausendmeterlauf gewonnen. Ihm blieb nur noch der Marathonlauf, und in dem wollte er sich versuchen. Niemals zuvor war es einem Menschen gelungen, so viel bei einer einzigen Veranstaltung zu gewinnen, niemand hatte auch nur den Versuch gewagt. Der Marathon ist bekanntlich mehr als nur eine Prüfung menschlicher Widerstandskraft: Er ist ein Abstieg in die Seele und erfordert Mut, Taktik und Anstrengung sowie eine besondere Erfahrung und eine so große Hingabe, daß ihn nur Spezialisten laufen. Zátopek ging ahnungslos an den Start, denn es war ja das erste Mal, daß er sich überhaupt daranwagte. Außerdem hatte er schon die anderen Siege, die anderen Strecken in den Beinen, aber auch den Willen und die Hoffnung, daß sein Training sich bei diesem Vorhaben als nützlich erweisen könnte. Er hatte die Bescheidenheit der Großen, und statt sich leichtsinnig zu gebärden, heftete er sich an die Fersen des Engländers Peters, des allseits favorisierten Champions.

Von Anfang an versuchte Zátopek, den gleichmäßigen Schritt der Marathonläufer durchzuhalten, aber er hatte Schwierigkeiten und mußte sich anstrengen, um den Anschluß nicht zu verlieren. Bei Kilometer fünfzehn aber hatte er die anderen bereits eingeholt und schaute sich in dem Grüppchen der Läufer um. Er fühlte sich wie ein Fisch auf dem Trockenen, wie ein Anfänger eben. Vielleicht befürchtete er, einen Fehler zu machen, sich auf ein Abenteuer eingelassen zu haben, dem er nicht gewachsen war, er, ein Anfänger, festgekeilt in diesem zermürbenden Lauf, ohne zu wissen, wann genau ein Tänzeln angesagt ist. Denn diese Lauftechnik ähnelt einem Gehen zur Musik, dem Ticken einer Uhr. Man muß immer und immer wieder dieselbe Bewegung machen, dieses ununterbrochene Nachvornefallen, aber mit der richtig dosierten Kraft und im genauen Takt, damit die Feder nicht zu früh bricht und die geladenen Batterien sich nicht vorzeitig verbrauchen. So lief er, als echter Naivling, neben Jim Peters her, der das Feld anführte, und fragte ihn in einem einfachen, mühsamen Englisch, ob sein Schritt richtig sei, ob er vielleicht zu schnell oder zu langsam laufe.

»Entschuldige«, sagte er, »aber weißt du, für mich ist es das erste Mal.«

Der andere war schwer mit sich selbst beschäftigt (er sollte später zugeben, daß sein Gang bereits recht steif war) und ärgerte sich über die unerhörte Frage. Möglicherweise hoffte er auch, dem Tschechen einen Tiefschlag zu versetzen, als er ihm sagte, jawohl, sein Schritt sei zu langsam, und mit diesem leichten Rhythmus würde er nie ans Ziel gelangen. Deshalb antwortete der Marathon-Novize, beunruhigt, mit einem herzlichen Dankeschön und steigerte sein Tempo, hängte seine Konkurrenten ab und traf als erster im Stadion ein, wo Tausende von finnischen Bewunderern ihn stehend erwarteten und ihm zujubelten.

Jetzt, viele Jahre später, trainierte er im Range eines Obersten die Sportmannschaft der Armee und baute dabei auf das Prestige und die große Erfahrung eines Menschen, der gegen alle gelaufen war und stets gesiegt hatte. Wenn die Passanten ihn am Morgen mit seinem gleichmäßigen Schritt und seiner Grimasse durch die Straßen von Prag laufen sahen, erkannten sie den Stil und den Champion wieder; sie grüßten ihn, klatschten ihm zu und feuerten ihn an. Darüber hinaus war Zátopek auch wegen seiner Anständigkeit und seines politischen Engagements beliebt. Noch am Abend dieses 27. Juni, von dem wir berichten, sollte er das Manifest von Dubček unterschreiben, das mit zweitausend Wörtern zu Würde und Freiheit aufrief.

»Wir haben das Recht, uns selbst zu regieren«, sagte er, während er unterzeichnete, er, der Held und Oberst, »für den Sozialismus, an den wir glauben, ohne Gängelband.«

Als er an diesem Tag, am frühen Morgen, durch Prag lief und über das Pflaster der noch fast leeren Straßen trabte, spürte er die laue Luft im Gesicht, die Luft eines Frühlings, der immer noch etwas Neues heranzuwehen schien, und seine sprichwörtliche Grimasse löste sich ein wenig, verwandelte sich fast in ein Lächeln. Und just in diesem Augenblick hörte er, wie sich das Geräusch von Schritten verdoppelte und ihr Echo immer lauter wurde, während neben ihm das Gesicht eines Keuchenden auftauchte, der ihn zu kennen schien. Der Mann im Trainingsanzug machte ihm ein Zeichen, grüßte ihn und sagte:

»Guten Morgen, Genosse Zátopek, erlaube bitte, daß ich ein Stückchen mit dir laufe. Heute morgen ist die Luft so mild und Prag so wunderschön, daß ich Lust hätte, im Schatten eines Champions zu laufen, unseres Nationalhelden, unseres Stolzes.«

Zátopek machte eine Geste der Zustimmung, denn er redete nicht gern, wenn er beim Training seinen Gedanken freien Lauf ließ. Dennoch deutete er ein Lächeln an; er tat, als sei er froh, und im Grunde war er den Leuten ja auch dankbar, denen, die ihn schätzten und das Leben eines Menschen liebten, der sich auf ein mühseliges Unterfangen eingelassen hatte. Deshalb gab er nur ein Zeichen, eine Aufforderung, diktiert von seiner Freundlichkeit und guten Kinderstube. Der Mann begann nun, schwer atmend, zu sprechen, lobte zuerst den Champion und ging dann schon bald zur Politik über, zur gegenwärtigen Situation.

»Schade, daß jemand wie du«, sagte er, »sich bei so wenig durchsichtigen Abenteuern engagieren will. Liegt es vielleicht daran, daß du dir angewöhnt hast, ein bißchen zu übertreiben und zu schnell vorzupreschen, und jetzt vergißt, daß du ein Oberst der Armee bist, ein Soldat, der gewisse Gehorsamspflichten hat? Statt Dokumente und unüberlegte Appelle zu unterzeichnen – das sind falsche Bahnen, auf denen du dir beim Laufen weh tun könntest.«

Die Stimme des Mannes, vom Rhythmus der Laufschritte zerhackt, hatte einen scharfen Ton, das harte Timbre eines Menschen, der genau weiß, worauf er hinauswill. Und während der Mann sprach, kam es Zátopek so vor, als kenne er dieses Gesicht tatsächlich, das Gesicht eines Kameraden vom Militär, und als sei die Botschaft klar, eine unverblümte Aufforderung, mit seinem Engagement zugunsten der politischen Neuorientierung Schluß zu machen. Aus seiner Magengrube stieg eine Unduldsamkeit empor, die den Champion beunruhigte, doch er brauchte sein Tempo nur ein wenig zu steigern, um diese atemlose, unsympathische Stimme abzuhängen, um sich zu entfernen von dieser Warnung, aber nicht von dem Zorn, der soeben in ihm aufgeflammt war. Und am selben Abend noch unterzeichnete er das Manifest des Prager Frühlings und sagte klare Worte über die Würde des Menschen. Während er sie aussprach, blickte er auf der Suche nach einem ganz bestimmten Gesicht um sich, und er sprach laut und deutlich und ohne zu keuchen.

Ein paar Monate später, am Morgen des 21. August, dröhnte Prag vom Lärm der russischen Panzer, die eingetroffen waren, um das Bündnis zu retten. Es war ein bitteres Erwachen, das einem die Realität ins Gesicht schleuderte − eine bewaffnete Realität, die den Frühling kaltmachte, den Sommer erschlug, die Menschen erschütterte und die Stadt gefrieren ließ. Zátopek hörte nicht auf das Flehen seiner Frau Dana, er hörte nicht auf den gesunden Menschenverstand, sondern sagte, er müsse sein Trainingsprogramm absolvieren; er ging aus dem Haus, als sei nichts geschehen. Er tauchte ein in die vereisten Straßen, lief durch die Kleinseite und erreichte die bereits besetzte Altstadt, wo sich die verzweifelten Menschen unter Schluchzen und Schreien wie Trauben an die Panzer klammerten. Er lief den ganzen Morgen, er lief mit einem schleppenden Schritt, wie er es noch nie getan hatte, während sich seine charakteristische Grimasse so weit aufblähte, daß sie in einem Wahnsinnslauf explodierte.

Am Abend wurde er zum Rapport in seine Kommandantur gerufen, er, ein Angehöriger der Armee, um sich für das Engagement zu rechtfertigen, das ihn veranlaßt hatte, ein illegales Dokument zu unterzeichnen, eine Revolte zu unterstützen. Das Gebäude, in das er bestellt wurde, war hoch und grau, der Flur finster, und Zátopek fühlte sich einen Augenblick lang wie K. im Schloß, und er überlegte, daß die Burg gar nicht besonders weit entfernt war, kaum drei Blöcke weiter und etwas höher gelegen. Sie beherrschte die Goldene Stadt, die ihm jetzt bleiern und grau vorkam, eine Stadt, über der sich in einer Rauchsäule das Leben eines Jungen erhob, der sich verbrannt hatte, um frei zu sein, im Himmel.

Nach dreistündiger Wartezeit, die ihn einschüchtern sollte, wurde er in einen Raum geführt und aufgefordert, Platz zu nehmen. Der Ton war scharf, wenn auch der Respekt mitschwang, der einem Menschen gebührte, der trotz allem prominent war: Es ist schwer, im Handumdrehen ein Symbol zu vergessen, zumal dann, wenn es das Volk repräsentiert und es zum Träumen gebracht hatte. Am anderen Ende des Zimmers erwartete ihn eine bekannte Gestalt, der Läufer jenes unglückseligen Morgens, an dem man ihn gewarnt hatte, daß dieser Frühling bald verrauschen werde.

»Genosse Zátopek«, sagte der Mann, »es tut mir leid, ich hatte dich gewarnt, aber du läufst wirklich zuviel! An jenem Morgen bist du einfach weitergelaufen und hast mich nicht zu Ende reden lassen. Jetzt bist du gezwungen, mir zuzuhören, aber nach vollendeten Tatsachen, und diese Tatsachen sind, wie mir scheint, nicht gerade erfreulich. Du bist ein Held, ein Symbol, ein Denkmal, das man nicht so ohne weiteres mit Dreck bewerfen kann. Hör also auf meinen Rat und widerrufe! Sag, daß du dich geirrt hast, daß es ein Fehler war. Weil du eben … Wie soll ich mich ausdrücken? Sag einfach, daß du zu schnell gelaufen bist, daß du zu weit gegangen bist und inzwischen begriffen hast, daß es besser ist, zu warten und Atem zu holen. Du unterschreibst hier und gehst nach Hause, und morgen kehrst du in deine Kaserne zurück und trainierst deine Leute. Das Leben verläuft wieder in ruhigen Bahnen. Nach dem Frühling kommt der Sommer, dann folgen Herbst und Winter. Du brauchst nur hier zu unterschreiben.«

Mit diesen Worten reichte er ihm ein maschinengeschriebenes Blatt Papier, das Zátopek nicht eines Blickes würdigte.

»Es macht mir nichts aus«, entgegnete er. »Ich habe nie ein ruhiges Leben gehabt, Genosse, sei unbesorgt! Und außerdem bin ich weder zuviel noch zu schnell gelaufen. Ja, ich glaube vielmehr, daß ich noch eine Menge lernen muß: Trainingsmethoden, Arbeitsbelastung, Programme und Verpflichtungen. Vor allem muß ich noch an meiner Widerstandskraft arbeiten, die ja meine Stärke ist. Erinnerst du dich, daß ich einst innerhalb von acht Tagen den Weltrekord gebrochen und der Reihe nach den Fünftausendmeter-, den Zehntausendmeter- und den Marathonlauf gewonnen habe? Aber vielleicht kann man es ja noch besser machen und einen noch dauerhafteren Widerstand aufbauen, man muß es eben versuchen.

Und du solltest es dir auch überlegen«, sagte er zu dem Mann, bevor er hinausging, »du, dem beim Laufen die Luft ausgeht, der keucht und in Atemnot gerät. Laß es dir von mir gesagt sein: Eine feste Stimme hast du nur, wenn du sitzt, in der wohligen Wärme eines Zimmers. Aber das ist keine Kunst, das können alle. In meinen Augen ist das keine große Leistung.«

Zátopek wurde von seiner Aufgabe im Armeesportklub entbunden und ein paar Tage später aus der Partei ausgeschlossen. Die Normalität triumphierte, aber er war schon nicht mehr normal, er war nur noch ein störrisches Pferd, das zu schnell lief, eine menschliche Lokomotive, die zu ziehen verstand. Er wurde noch einmal in den grauen Palast bestellt, um einen offiziellen Brief in Empfang zu nehmen, mit dem man ihm seine Kompetenzen und seinen Dienstgrad entzog und auch die Möglichkeit, seine Tätigkeit fortzusetzen: Er würde also kein Trainer mehr sein. Er fand eine andere Arbeit, und er, der der Held des Volkes gewesen war, wurde zum Mauern geschickt, um Ziegelmauern hochzuziehen für die Häuser desselben Volkes, für das er seine Wettkämpfe bestritten hatte.

Prag wurde immer kälter, immer düsterer, und obwohl der Champion keine Angst verspürte, unterdrückte er seine Lust zu flüchten doch nur mühsam. Viele Freunde aus dem Ausland, Verehrer und Sportler, bauten ihm goldene Brücken, damit er auswandern konnte. Er dagegen verbesserte, während er Tag für Tag mauerte und lief und lief, tatsächlich seine Widerstandskraft und richtete sich auf ein Leben in ständiger Begleitung seines Fluchtwunsches ein.

Eines Morgens im Februar machte sich Zátopek noch im Stockdunkeln wie immer auf zu seinem Trainingslauf. Der Himmel war düstergrau, und düstergrau war auch seine Stimmung: Bei jedem Schritt dachte er über sein Leben nach. Der Mensch ist ein Mensch, sagte er sich, er ist schwach, er hat eine eindeutige Grenze, wie kann ich von mir und den Meinen verlangen, diese Situation, diese Zerstörung der Würde, diese Gewalttätigkeit noch länger zu ertragen? Dieser Abstieg scheint kein Ende zu haben, hämmernde Schläge gegen meine Person, gegen meine Arbeit, Dinge, die zerstören und sehr weh tun. Es hätte nur eines kleinen Schrittes bedurft, um in ein achtbares Leben zurückzukehren – ein Briefchen, ein Anruf und all das akzeptieren, was eigentlich schon bereit lag. Dann die Ausreise und ein ruhiges Leben.

Den Kopf voll solcher Gedanken, trabte der Champion vielleicht auf der Suche nach einer Lösung durch die Kälte. Da bemerkte er, daß ein anderer neben ihm lief. Einen Augenblick lang durchlebte er noch einmal die Szene, zu der es ein paar Monate zuvor gekommen war, und verspürte einen Widerwillen, weil er glaubte, das Gesicht des Mannes, der ihn bedroht hatte, wiederzuerkennen. Aber es war ein Junge, fest eingemummelt in einen dikken Pullover, den Kopf fast ganz bedeckt von einem Schal, hochgewachsen und schnellen Schrittes.

»Herr Zátopek«, sagte er zu ihm, »bitte setzen Sie Ihren Lauf fort, fahren Sie fort, den Langstreckenlauf zu verbessern und Ihre Widerstandskraft zu steigern! Wir sind Ihnen dankbar für Ihre Anwesenheit, dafür, daß Sie uns nicht in Prag zurückgelassen haben und wir unseren Kampf nicht allein weiterführen müssen. Denken Sie an das, was ich Ihnen sage: Wir haben unseren Vorstoß bereits gestartet, wir sind schon losgespurtet, und sie haben uns bloß eingeholt. Aber von Ihnen haben wir ja gelernt, uns nicht geschlagen zu geben, nicht lockerzulassen und die Zähne zusammenzubeißen, auch wenn es uns Schmerzen bereitet, auch wenn es uns so vorkommt, als trügen wir die Last der ganzen Welt auf unseren Schultern. Von Ihnen haben wir gelernt, keine Angst zu haben, wenn wir beim Laufen häßliche Grimassen schneiden, wenn wir schwitzen und Krämpfe bekommen, denn wir laufen, und worauf es wirklich ankommt, ist, ans Ziel zu gelangen. Sie haben uns gezeigt, was Widerstandskraft heißt und wie man Tag für Tag versucht, einen Meter weiterzukommen. Wir brauchen Sie, weil die Flucht lang sein wird; aber das Bewußtsein, daß eine menschliche Lokomotive mit uns läuft, gibt uns Hoffnung und die Kraft, unseren Lauf fortzusetzen. Die Armee hat Ihnen Ihre Arbeit weggenommen, aber Sie sollten weitertrainieren.«

Zátopek hätte gern geantwortet, ihm gesagt, daß

er nur ein Mensch sei und nichts anderes gemacht habe, als zu laufen und sich zu testen, nichts Heroisches also, nichts, was von Nutzen sein könnte, um dem gewaltigen Druck jenes Gängelbandes zu widerstehen, das die Menschen um den Hals trugen. Aber er schaffte es nicht rechtzeitig, den Mund zu öffnen, denn der junge Mann beschleunigte plötzlich seinen Schritt, spurtete los und war nach wenigen Sekunden im Dunkel verschwunden. Doch ehe er entschwebte wie ein Gespenst, wandte er sich noch einen Moment zum Champion um, und bei dieser Drehung verrutschte sein Schal und legte im schwachen Schein einer Laterne ein entstelltes, vom Feuer angefressenes, fast verbranntes Gesicht bloß. Es war nur ein Augenblick, nicht einmal so lang wie ein Wimpernschlag, dann verschwand das Ganze, und zurück blieben nur die Straße, die Kälte und der Zweifel, ob dieses flüchtig, blitzartig wahrgenommene Antlitz womöglich ein Traum, ein Trugbild war. Vielleicht auch nur der düstere Gedanke, daß er seinen Schmerz mit einem jungen Mann in Verbindung gebracht haben könnte, der den Mut aufgebracht hatte, sich selbst anzuzünden.

Kurz darauf wurde Zátopek erneut einbestellt, noch einmal in dasselbe Gebäude geladen. Wieder mußte er stundenlang warten, dann durfte er in das bekannte Zimmer eintreten, in dem der Funktionär wartete, mit entspannter Miene, wie es schien.

»Mein lieber Genosse«, sagte er, »wie du merkst, haben wir dich nicht vergessen. Du siehst ein, daß du nicht in der Armee bleiben konntest, und im übrigen hast du jetzt eine gute Arbeit, du darfst mauern und dich auch dadurch für die Sache nützlich machen, daß du Häuser, Gebäude und Schulen baust. Aber wir glauben, daß deine Fähigkeiten auf diese Weise eigentlich verschleudert werden: Du hast dich trainiert, damit du Belastungen aushalten kannst, und hast bei allen deinen Höchstleistungen eine große Widerstandskraft an den Tag gelegt. Außerdem hast du mir ja gesagt, daß du immer besser werden möchtest, und deshalb haben wir lange nachgedacht, wie wir diese Fähigkeiten fördern könnten, für die du ja berühmt bist. Es gibt ein Uranbergwerk im Norden, das starke Arme braucht, die die Förderwagen aus der Tiefe der Erde nach oben ziehen. Wir glauben, daß diese Arbeit deinen Bedürfnissen entspricht. Es ist unsere Aufgabe, den Wünschen eines Mythos entgegenzukommen und dir die Gelegenheit zu geben, deine berühmte Widerstandskraft zu trainieren.«

Der Champion deutete ein halbes Lächeln an, fast eine Grimasse.

»Aufrichtigen Dank«, sagte er, »das war es, wonach ich gesucht habe. Du wirst es nicht glauben, aber ich habe einmal wirklich geträumt, eine Lokomotive zu sein und zu schleppen, die Waggons zu ziehen und zu schwitzen, denn im Grunde muß man seine eigenen Grenzen ausloten und ausdehnen, den Schritt und den Rhythmus ändern, seine Kraft steigern können. Und während ich in der ganzen Welt gelaufen bin und mich mit Menschen gemessen habe, die an Wettkämpfe gewöhnt sind, habe ich außerdem noch gelernt, daß es einen großen Unterschied gibt zwischen Laufen und Davonlaufen. Deshalb gehe ich beruhigt ins Bergwerk und werde die Förderwagen mit dem Uran ziehen, solange ich kann. Nehmt es mir nur nicht übel, wenn ich dabei nicht schön aussehe, wenn ich immer meine Grimasse auf dem Gesicht habe, denn wichtig ist nicht, vollkommen zu sein, wichtig ist, anzukommen.«

Im Licht des zu Ende gehenden Tages verließ Zátopek das Gebäude im Laufschritt. Er trabte ins Dunkel, hinein in Jahre der Mühsal bei schwerer Arbeit, auf eine Strafe zu, die ihm auferlegt wurde wie einem Verurteilten. Im Schein der Sonne, die Prag in Gold tauchte, sah die Stadt ihn auf sein Haus zulaufen, mit der üblichen Schmerzensgrimasse, mit seinem üblichen schweren Schritt, einem Schritt, der noch sicher war und voller Widerstandskraft.

Der Engländer und der
Bersagliere

Im Morgengrauen des 14. Juli 1865 fuhr Jean Antoine Carrel, die Hände an den Kanten seines Feldbetts festgekrallt, jäh aus dem Schlaf, nachdem er im Traum in eine Schlucht gestürzt war. Mit einem Gefühl der Befreiung hatte er vom Gipfel des Matterhorns die Berge mit der vertrauten Silhouette betrachtet und unten die Täler, die so eingegraben sind wie die Linien in eine Hand. Bis zur Neige hatte er den merkwürdigen Geschmack ausgekostet, den die Erkenntnis mit sich bringt, das Bewußtsein, etwas von beunruhigender Tragweite als erster vollbracht zu haben, es geschafft zu haben, die Höhe zu erklimmen, die uns von uns selbst trennt und uns keine Ruhe läßt. Aber während er dann vom Gipfel abstieg, verflüchtigte sich die Genugtuung und machte einem Schuldgefühl Platz, weil er den Berg angegriffen, ihm Gewalt angetan hatte. Weil er seinen Mythos angetastet und auf jenem Gipfel den Zweifel niedergetreten hatte, daß der Aufstieg zum Geheimnis etwas sei, von dem man nur träumen dürfe – so wie man versucht, in einer Hoffnung zu leben, ohne genau zu wissen, wie man so etwas anstellt.

Während seines Abstiegs aus dem Traum hatte sich – vielleicht unter der Last dieser Gedanken –

das Seil, das ihn mit seinen Gefährten verband, gespannt, ein ungeeignetes dünnes Seil, das schon so
verschlissen war, daß es bei einem letzten Ruck
einen Knall machte und riß. Carrel fiel, sich über-
schlagend, in eine Schlucht, stürzte viele Meter in
die Tiefe, bis er sich, an die Kanten seines Feldbetts
geklammert, wiederfand.

Von der Höhe der Welt hatte er, bei diesem ge-
träumten Unternehmen, in Richtung Zermatt geblickt und mit Mühe ein paar winzige Menschen-
gestalten ausgemacht, die von jener anderen Seite
aus den Aufstieg versuchten. Das ist dieser eingebil-
dete Engländer, dachte Carrel, dieser Whymper, der
von sich glaubt, er sei am besten geeignet, durch die
Berge zu ziehen und neue Routen zu erschließen, zu
erkunden. Wir dagegen sind hier geboren, unter
dem Matterhorn, wir sind die Söhne dieses Berges,
und wir respektieren ihn. Von unseren Häusern aus
betrachten wir ihn, wie man einen strengen, aber
gütigen Vater ansieht, eine Skulptur, gleichermaßen
bestehend aus Kraft und Schönheit wie aus Mühsal,
Kälte und Härte. Wir würden darauf verzichten, den
Gipfel der Welt zu erklimmen, weil wir zuallererst
an das Leben denken, das in diesen Tälern gewiß
kein Honiglecken ist. Aber wenn jemand den Gipfel
erreichen will, wenn jemand beschließt, neue Horizonte zu eröffnen, dann ist es nur recht und billig,
daß es einer von uns ist, und von allen muß er der Beste sein, und das heißt: er, Jean Antoine Carrel, genannt der Bersagliere.

Während er dies dachte, packte er seine Sachen

zusammen und wartete, daß sich auch seine Kameraden fertigmachten. Zu jener Zeit steckte der Bergsport noch in den Kinderschuhen, und Bergbesteigungen waren natürlich noch Unternehmungen, die man ohne die Ausrüstung von heute, ohne dieses ganze Astronautenzeug, in Angriff nahm. Ein paar Eispickel, schwere Bergschuhe, dicke Wollpullover, Stöcke, um sich aufzustützen und die Balance zu halten, und die ersten Seile, aus schwerem Hanf, die sich mit Schnee und Eis vollsogen und brüchig und spröde wurden, als wären sie aus Glas oder Marmor. Die Bergführer beäugten sie mißtrauisch wie eine seltsame Mode, die wieder einmal die Engländer einführten, diese Manie, wie Würste aneinandergebunden auf die Gipfel zu klettern und Körper und Schicksal, dem Zufall eines schlecht angebrachten Halts preisgegeben, miteinander zu verknüpfen. Auch Carrel kam lieber ohne Seile aus; er bevorzugte die Kraft und die Geduld eines mit methodischer Aufmerksamkeit gesetzten Schrittes: einen Schritt nach dem anderen auf dem Rücken des Berges, mit wachsam nach vorn gerichtetem Blick, ohne zu übertreiben, ohne sich an irgend etwas oder irgend jemanden zu binden, einzig und allein Herr der eigenen Erfahrungen, die man im Laufe von Jahren der Stille und des Abwartens gesammelt hatte.

Er wäre also lieber allein gegangen, hätte den Kampf mit sich selbst bis zum Äußersten geführt und dabei die richtige Lösung für das Rätsel der Besteigung gefunden. Mindestens siebenmal hatte er es schon versucht, hatte sich dem Matterhorn vorsichtig genähert, es beobachtet und mit Füßen und Augen den Weg ausgekundschaftet. Er hatte sogar den Engländer entmutigt und andere, die es gern versucht hätten.

»Warum da hinaufsteigen?« hatte er einmal zu Whymper gesagt. »Laßt es bleiben, sucht euch gefügigere Berge als diese Pyramide aus Felsen und daran festgeklebtem Schnee. Das ist ein geheimnisvoller Berg, der mit niemandem Bekanntschaft schließen will. Jedesmal, wenn ich es versuche, hat er eine andere Entschuldigung: einen Sturm, einen Steinhagel, einen Platzregen, der die Felsen durchnäßt wie Aufwischtücher. Und dann gibt es da noch eine schlimme Legende, die wir im Tal vom Vater auf den Sohn überliefern. Geschichten von bösen Geistern, daß es ein verhexter Berg sei, der, bevor er sich bezwingen läßt, ein Menschenopfer fordert. Ein zu hoher Preis.«

Whymper hatte daraufhin etwas in seiner merkwürdigen Sprache gemurmelt, seinen Hut genommen und sich in sein Hotel zurückgezogen. Er wollte darüber nachgrübeln, wie er das richtige System finden könne, um sich vorzubereiten und den günstigsten Augenblick abzupassen, um festzustellen, ob der Berg sich tatsächlich dem Vergnügen verweigerte, die Bekanntschaft eines Engländers zu machen. Vielleicht ist es nur eine Frage der Erziehung, dachte er, es liegt am Willen, am Blickwinkel, kurzum, es kommt auf das Wie an. Ich bin ein echter Forscher, ein Naturforscher, ein Photograph und ein Schriftsteller. Ich werde auf diesen Berg steigen und dann der Welt erzählen, wie die Welt beschaffen ist. Ich werde auf den Gipfel klettern, um einmal nachzusehen.

In ebendiesen Julitagen erfuhr Carrel in Breuil, daß der Engländer keineswegs aufgegeben hatte und nur auf den richtigen Moment wartete. Deshalb hatte er in aller Eile seinen Entschluß gefaßt und sich ausgerüstet, um am 14. morgens mit einer Mannschaft aufzusteigen. Teilnehmen sollten sein Bruder César und ein anderer Bergführer, Jean Joseph Maquignaz, ein flinker Mann aus den Bergen, und schließlich Abbé Carlo Gorret, eine in Valtournanche wichtige Persönlichkeit. Ein gut zusammengesetztes Quartett also, das, so sahen es die Pläne vor, das Matterhorn in Angriff nehmen sollte mit dem Ziel, angesichts all der Opfer und Hoffnungen, der Projekte und Versuche des Bersagliere den Sieg davonzutragen und vor dem anderen ans Ziel zu gelangen. Denn dem Tal gebührte der Ruhm, und nicht einer fernen Insel, die nicht einmal ein Hügelchen besaß, das der Erwähnung wert gewesen wäre.

Sie brachen auf zum Gipfelsturm, die vier Talbewohner, in der Überzeugung, daß dies die richtige Gelegenheit war: Das Wetter war ausgezeichnet, trocken und heiter, ideal für einen raschen und planmäßigen Aufstieg. Bei sich trugen sie außer Eispickeln, Stöcken und Seilen nur an die Rucksäcke gebundene Schläuche mit dem einzigen Elixier gegen die Ermattung. Gewiß nicht das Sympamin von heute, auch keine teuflischen leistungssteigernden Mittel, sondern einen einfachen Schnaps, einen guten Grappa, um die Beine aufzuwärmen, die Strapazen herauszudestillieren. Ein Mittel gegen jedes Übel. So zogen sie los, in der Gewißheit, den Wettlauf zu beenden, endlich einen Schlußpunkt zu setzen unter die Jahre, die Carrel mit seinen Erkundungen verbracht hatte: Der Aufstieg von Breuil aus war ja fast völlig erschlossen; es fehlte nur noch der letzte Abschnitt, der letzte Sprung von wenigen hundert Metern, und dann würde eine andere Geschichte beginnen.

Unterdessen tobte Whymper in seinem Hotel und grübelte zornerfüllt vor sich hin, weil er keine Mannschaft hatte, mit der er sich an den Aufstieg machen konnte. Es war ihm klargeworden, daß der Bersagliere schon bald aufbrechen würde und daß der letzte Sturm auf den Gipfel unmittelbar bevorstand. Er verbrachte höllische Stunden, allein und mit gebundenen Händen, während ihn das Matterhorn, direkt vor seiner Nase, herausforderte. Plötzlich aber zerbarst die Stille der Eingangshalle, und eine Gruppe von Leuten drängte sich zusammen: Vom Theodulgletscher war Lord Francis Douglas zurückgekehrt, ein junges Mitglied des Alpine Club und ein guter Bergsteiger. Bei ihm war Peter Taugwalder senior, mit dem er soeben die Wellenkuppe erstiegen hatte. Die Gäste umringten die beiden und hörten den Bericht über die Expedition; der Lord redete und schilderte, er erzählte vom Aufstieg, wie man das so tut, er lachte fröhlich und freute sich. Whymper geriet in Wallung und raffte sich auf.

Warum das Eisen nicht schmieden, solange es heiß ist? Er kannte Douglas' Ehrgeiz, und auch Taugwalder schien ihm geeignet zu sein. Also bahnte er sich einen Weg durch die Anwesenden, bat wiederholt mit einem schroffen »Sorry« um Entschuldigung, entriß dann aber Lord Douglas fast schon schreiend dem Blick aller und drängte ihn fort. Vor einem heißen Grog entwarf er dem Freund mit bebender Stimme ein Bild von der Lage, teilte ihm mit, daß Carrel bald losmarschieren würde, daß die Besteigung schon so gut wie beschlossen sei, kurzum, daß der Forscherruhm an diesen Talbewohner gehen würde, während sie, während England und auch die Gelehrsamkeit untätig zusehen müßten, besiegt von der Zähigkeit dieses ungebildeten Bersagliere.

In seinem erregten Gemütszustand redete Whymper und tobte. Um Douglas zu überzeugen, hätte er alles getan, vielleicht hätte er sich sogar mit dem Teufel persönlich verbündet.

»Steigen wir von der anderen Seite auf, von Zermatt aus, gehen wir mit Taugwalder und suchen wir«, sagte er zu ihm. »Es wird schon jemanden geben, der bereit ist, die Herausforderung anzunehmen und Carrels Sturm auf das Matterhorn zu vereiteln.«

Seine Worte blieben in der Luft hängen, und mit den Worten auch sein Leben für eine Zeit, die ihm ewig vorkam – die Zeit, die sein Gefährte brauchte, um die warme Flüssigkeit zu Ende zu nippen. Dieser blickte ihm in die Augen, dann in sich hinein und sagte schließlich:

»Einverstanden, klar.« Und machte ein Zeichen zum Aufbruch.

So gingen sie in aller Eile noch einmal zum Theodulgletscher und stiegen hinunter nach Zermatt, und just in dem Augenblick, in dem sie ihr Hotel wieder betraten, liefen sie Michel Croz in die Arme, einem Bergführer aus Savoyen, den Charles Hudson angeheuert hatte. Whymper bat letzteren um ein Treffen, und Hudson erklärte sich bereit, ihnen Croz für das Unternehmen zu überlassen, allerdings unter der Bedingung, daß auch er mitkommen dürfe und mit ihm Roger Hadow, ein junger Bergsteiger, der soeben vom Montblanc zurückgekehrt war.

Die Sache ließ sich kompliziert an, denn die Gruppe wurde für einen Aufstieg mit dem Seil allmählich zu groß. Whymper setzte eine verärgerte Miene auf. Doch die Zeit drängte, und wenn der Versuch überhaupt Aussicht auf Erfolg haben sollte, war es ungeheuer wichtig, Croz dabeizuhaben. So stimmte er trotz allem zu, und am Abend des 13. Juli machte sich die Gesellschaft, ergänzt um einen Sohn Taugwalders, auf den Weg. Man nächtigte im Freien, um am Morgen frisch und gut gerüstet mit dem letzten Sturm auf den Berg zu beginnen.

Ein seltsames Schicksal fügte es, daß die beiden Mannschaften in derselben Nacht unterhalb des Matterhorns schliefen, wenn auch auf entgegengesetzten Seiten. Mit derselben Absicht, mit denselben Hoffnungen, aber getrennt durch den Felsen. Carrel träumte, wie gesagt, er würde aufsteigen, und er sah sich, nachdem er emporgeklettert war, unter dem

Gewicht eines rätselhaften Schuldgefühls in die Tiefe stürzen.

Whymper erlebte im Traum auch diese Szene, aber er erlebte sie umgekehrt: Er sah Carrel, der vom Gipfel des Berges auf ihn deutete, der ihm zusammen mit Gorret etwas zurief, und daraufhin mußte er den Rückzug antreten. Während er von der Höhe fröhliche Hurrarufe hörte, kehrte er mit schwerem Herzen und einem Gefühl der Beklemmung nach Zermatt zurück, um dort zu warten.

Über jenes Biwak breitete sich, unter dem majestätischen Gipfel des Berges, ein pappiger Schleier aus, ein klebriger Schlaf, der sie zu einem langsamen Erwachen zwang, das zudem belastet war durch das Gefühl, daß sie etwas Übergroßes vollbringen müßten. Ohne irgendein Wort von Bedeutung zu sagen und nur Begrüßungen austauschend, bereitete sich Whympers Gruppe auf den Aufstieg vor. Das Matterhorn wirkte noch ein Stück höher, und die Stunde war schon weiter fortgeschritten als geplant.

Das Licht des Morgens sah den Bersagliere und seine Mannschaft lange vor der anderen aufbrechen. Alles schien sich zum Besten zu wenden. Der Himmel war heiter, klar, ihr Tempo gut, und der Gipfel verlor nach und nach an Höhe. Carrel führte mit der Sicherheit eines Menschen, der diese Felsen kannte. Er gab die Geschwindigkeit vor und legte die Strecke so rasch zurück, daß alles dem Plan entsprach, den er aufgrund seiner Berechnungen aufgestellt hatte. Jede Stunde eine kleine Rast, um Atem zu schöpfen und sich mit einem Stückchen Brot zu stärken, mit etwas Honig und mit einem Schluck Grappa, um sich die Brust aufzuwärmen. Während einer dieser Pausen fing nun der Abbé Gorret zu reden an. Vielleicht war er sich des Erfolgs bereits sicher, denn er sagte, er werde seine Erinnerungen niederschreiben und der ganzen Welt von der Besteigung erzählen, nicht nur, um darüber Bericht zu erstatten, sondern um eine Betrachtung über die *conditio humana* anzustellen, darüber, wie die Menschen über augenscheinlich unsinnige Wege zu ihrem ersehnten Ziel gelangen. Zur Erkenntnis, zur Notwendigkeit, Einsichten zu gewinnen, weil sie für die Wissenschaft gemacht sind, zur Verpflichtung, die einem auferlegt ist, und zur Schönheit der ganzen Schöpfung.

So hüllten die Worte des Abbés die Gruppe auf ihrem Weg nach oben ein, begleiteten sie bei diesem Aufstieg, der so perfekt schien, so sehr im Einklang mit den Menschen, mit Gott und dem Universum. Der Bersagliere jedoch war kein Mann vieler Worte. Natürlich bedeutete der Berg für ihn Schönheit, aber auch Kampf, etwas Dumpfes, das in seiner Brust schlug, in seinem Herzen, das aus Anstrengung bestand. Vielleicht fühlte er sich bereits zu diesem Zeitpunkt verloren. Er war kein Mann vieler Worte, sondern des Schweigens, und atmete das Blut des Berges. Diese Hülle aus Gedanken, die mit ihnen emporstieg, empfand er wohl wie eine Entweihung – als sei dieses Bedürfnis, erklären und begründen zu müssen, warum man ein Bein vor das andere setzt, eine allzu schwere Last. Deshalb ermannte er sich bei der nächsten Erholungspause und warnte davor, dies alles zu ernst zu nehmen, ihm selbst komme der Aufstieg zum Gipfel fast wie eine Sünde vor. Er sagte alles in einem Atemzug, bis er sich am Grappa verschluckte.

Die Stunde war bereits vorgerückt, die Sonne brannte auf den Granit herab, leckte den Schnee fort und ließ die verwitterten Felsen zurück. Die Klugheit hätte geboten, kein Öl in das Feuer der Debatte zu gießen, sondern den Kopf einzuziehen und den Schritt zu beschleunigen, bevor der Abend über die Berge hereinbrechen würde. Im Geschehen der Dinge liegt kein bestimmter Sinn; die Dinge geschehen, und es ist an uns, sie zu ordnen, Zeit aufzuwenden, um Erklärungen für mysteriöse Motive zu finden, die keine Wege kennen, sondern in jeder Hinsicht Berge sind, die es zu erklimmen gilt. Noch viele Jahre lang sollte Abbé Gorret sich immer wieder ins Gedächtnis rufen, wie jene absurde Situation entstand, wie sich die Unterhaltung immer zähflüssiger gestaltete und sich allmählich zu einem Kleister verdickte, in dem Zeit und Verstand erstarrten. Im Alter schrieb er in einem Tagebuch, das der Welt nichts, aber auch gar nichts erklärte, einen geheimnisvollen Satz auf französisch, in dem er auf die Persönlichkeit anspielte, auf die Eigenliebe, auf etwas, über das er früher oder später sprechen müsse. Etwas, was er dann doch niemals aussprach, weil ihn sein Stolz und sein Groll gegen Carrel daran hinderten, der einen Schritt unter dem Gipfel stehengeblieben war und fast so zur Spitze geblickt hatte, als empfände er Reue. Vielleicht war es die Müdigkeit, die sich wohl schon stark bemerkbar machte, vielleicht war es der Schleier des Grappa, der die Rollen durcheinanderbrachte, jedenfalls blieb der Bersagliere, statt die Gruppe zum Sturm anzuspornen, statt die letzten Kräfte zu sammeln, stehen, um auf den Gipfel zu starren und seine Gefährten zu fragen, ob ihre Kühnheit nicht doch eine schwere Sünde sei.

»Sind wir sicher, daß man so einen Angriff überhaupt unternehmen darf?« fragte er. »Und daß wir, wenn wir da oben ankommen, nicht etwas zerstören, wonach ich doch selbst immer gesucht habe? Wohin werden wir nach dem Gipfel gehen? Denkt einmal nach. Und auf welchen Berg, wenn schon alle Gipfel bezwungen sind?«

Während sich diese Diskussion weiter hinzog, kletterte Whymper auf der anderen Seite zügig empor. Alles ging vielleicht sogar zu glatt vonstatten, ohne die Hindernisse oder Überraschungen, die solche großen Unternehmungen normalerweise begleiten. Er hatte nur Mühe auf dem Grat, dort, wo heute die im Fels befestigten Seile ein sicheres Klettern ermöglichen. Das einzige Problem lag nicht in der Beschaffenheit des Gesteins oder der Schwierigkeit des Bergs. Es war vielmehr die fixe Idee, daß die Italiener die Nase vorn hätten, daß sie schon den Gipfel erreicht haben könnten. Während er einen Fuß vor den anderen setzte, fühlte sich Whymper nur einen Schritt vom Sieg entfernt, aber ein Schleier der Angst hüllte ihn ein: Der Traum, den er in der Nacht geträumt hatte, mit Carrel, der ihm zuwinkte, und dieser gräßliche Nachgeschmack der Niederlage in der Kehle. Der Engländer war ein Mann von großer Entschlossenheit, er wollte das Unternehmen um jeden Preis gewinnen, wollte seinen Namen an eine Route, an einen Gipfel, an eine Besteigung binden. Sogar dann, wenn er sich für eine kolorierte Photographie in Position stellte oder sich auf einem Stich porträtieren ließ, war er immer darauf bedacht, daß im Hintergrund ein Gipfel zu sehen war, fast so, als wollte er sein Schicksal illustrieren, seine Mission. Im Vordergrund das von Falten durchfurchte Gesicht, die eckige Kinnlade, die gezeichnete Stirn. Seine Augen wirkten fast wie geblendet. Es waren die Augen eines jungen Tieres, das seine Seele auf den Bergen sucht.

Das Matterhorn mußte also ihm gehören, das war klar, und an diesem Tag wollte der Berg ihm in die Hände spielen. Der Aufstieg verlief glatt, ohne Hindernisse, und um ein Uhr vierzig war Whymper am Gipfel. In der Kehle hatte er einen erstickten Schrei, und daneben verspürte er die dumpfe Angst, daß er, nach Bezwingung der letzten Wand, Carrel auf dem Felsplateau antreffen werde, Carrel, der ihn verspottete. Deshalb befreite er sich, sobald er die leichten Felsen des Daches erreicht hatte, aus dem Seil und hastete zum Gipfel hinauf, wo er nichts vorfand — nur einen Teppich aus weichem Schnee auf dem Gestein. Whymper ließ den Blick schweifen und suchte bange nach einem Fußabdruck, fürchtete sich vor einer Spur. Dann wandte er sich an Croz, der näher

kam, und verkündete mit ausgebreiteten Armen laut-
hals den Sieg. Er hatte Geschichte geschrieben, als
erster das Matterhorn besiegt und zugleich den Alptraum, der ihn so gequält hatte.

Sie beugten sich zur italienischen Seite hinunter
und sahen auf dem Kamm, weiter unten, Carrel und
seine drei Kameraden aufsteigen.

»*Ah, les coquins*«, sagte Croz lachend. »*Ils sont bien
en bas*«, und genau entgegengesetzt zu dem, was
Whymper geträumt hatte, begannen nun sie ihre
Hurras und Vivats zu rufen, mit Steinen zu werfen
und Schreie auszustoßen, um auf sich aufmerksam
zu machen, und johlend fuchtelten sie mit den Armen in Richtung des Bersagliere.

Die vier Italiener standen auf dem Kamm, hörten
den harten Aufschlag der Steine, das Echo der Rufe,
und eine jähe Eiseskälte ließ jede ihrer Bewegungen gefrieren. Nur Carrel hatte gerade noch genug
Stimme, um mit ernstem Gesicht und gesenktem
Blick zu sagen:

»Das sind die Geister des Berges, hört ihr sie? Es
hat keinen Zweck weiterzugehen.«

Niemand hatte den Mut zu protestieren. Sie dreh-
ten dem Berg den Rücken zu und kehrten am späten
Abend ins Tal zurück.

Whympers Stolz blieb also Sieger. In seinen Tage-
büchern schrieb er: »Auf dem Gipfel des Matterhorns verbrachte ich eine intensive Stunde wunder-
baren Lebens.« Er fertigte eine Zeichnung an. Er
berauschte sich an seiner Genugtuung und am Ruhm

und dachte darüber nach, daß er nun ein Mythos werden würde, aber es war ihm nicht klar, daß das Leben eben nicht immer von unseren Händen geschrieben wird: Der Aufstieg war zwar geschafft, das Abenteuer aber noch nicht zu Ende. Die Gruppe bereitete sich auf den Abstieg vor, und in der allgemeinen Freude seilten sich alle aneinander, ohne viel nachzudenken. Ihre Seiltechnik war mangelhaft, sie waren unachtsam, und das Seil war so alt, daß es kaum Sicherheit geben konnte. So angeseilt, begannen sie mit dem Abstieg. Als erster kletterte der erfahrene Croz, dann kamen Hadow, Hudson, Douglas und Taugwalder senior, während Whymper sich, die Zeichnung noch immer in der Hand, in aller Eile anseilte, als die ersten schon im Abstieg begriffen waren. Er legte sich das Seil um die Taille, der Engländer, und warf dann das Ende Taugwalder junior zu, der es auffing und den Schlußmann der Seilschaft bildete.

Seit den ersten Augenblicken des Abstiegs zeigte der junge Hadow Anzeichen von Müdigkeit. Er war kaum neunzehn und hatte ein paar Tage zuvor in Rekordzeit den Montblanc bestiegen. Vielleicht war es die Aufregung über die soeben vollbrachte Erstbesteigung, vielleicht war er schon zu erschöpft, jedenfalls war auch das Profil seiner Schuhsohlen abgelaufen. Croz mußte sich gewaltig anstrengen, um ihn bei jedem Schritt zu sichern; dafür brauchte er beide Hände und mußte seinen Stock ablegen. Als er gerade eine Stelle für den nächsten sicheren Halt suchte, rutschte Hadow aus, stürzte ein gutes Stück ab und fiel Croz, der ihn erwartet hatte, auf den Rücken. Es folgte eine Kette verzweifelter Schreie: Hinter Croz und Hadow wurde Hudson mitgerissen, nach ihm Douglas. Alles dauerte nur einen Augenblick. Aber in der Stille des Berges schien er sich zu einer zersplitterten Ewigkeit zu dehnen. Schreie brachen hervor, Hände griffen ins Leere, und wie zum Spott hörte man plötzlich deutlich das Knallen des Seils, das zwischen Lord Douglas und Taugwalder zerriß. Whymper, an den Felsen geklammert, drehte kaum rechtzeitig den Kopf, um seine vier Kameraden ins Nichts fallen zu sehen, mit rudernden Armen – als wollten sie schwimmen. Von dreien fand man am folgenden Tag die sterblichen Überreste, außerdem Hadows Schuhe mit den abgelaufenen Sohlen sowie das glatt durchtrennte, blutgetränkte Seil. Vom Lord gab es keine Spur mehr – verschluckt von der Luft, begraben vom Felsen.

Whymper wurde Fahrlässigkeit und ungenügende Vorbereitung vorgeworfen. Er habe nur an den Ruhm seines Unternehmens gedacht und die erste Pflicht des Bergsteigers, die Sicherheit, vergessen. Jemand beschuldigte ihn sogar, das Seil durchtrennt zu haben, um sich selbst zu retten, und dies löste Zweifel und Diskussionen aus. Der Engländer klagte über den Schicksalsschlag, verteidigte sich und nahm schließlich seine Bergtouren wieder auf. Doch auf die großen Unternehmungen verzichtete er für immer. Jedesmal, wenn er am Abend allein war, hörte er in der Stille den Knall des reißenden Seils, er sah seine vier Kameraden im Fluge abstürzen,

sah, wie sie in der Luft schwammen, und hörte, wie
sie seinen Namen riefen.

Von Breuil aus hatte unterdessen der Ingenieur
Giordano durchs Fernrohr gesehen, daß sich auf dem
Gipfel jemand bewegte: Er dachte an den Bersagliere und seine Kameraden und beeilte sich, Mini-
ster Sella ein Telegramm zu schicken: »Wir haben
das Matterhorn gestürmt.« Traurig war deshalb die
Rückkehr und groß der Spott. Keine eindeutige Erklärung für diese Niederlage. Nur Giordano, den
dieser komische Irrtum wurmte, ging zu Carrel und
überredete ihn, es noch einmal zu versuchen.

Der Bersagliere erklärte sich einverstanden und
stand drei Tage später auf dem Gipfel. In Valtournanche wußte man immer noch nicht, daß vier Bergsteiger nach ihrem Sieg umgekommen waren. Von
der Höhe des Gipfels blickte Carrel hinunter, sah auf
dem Gletscher in alle Richtungen zeigende Fußspu-
ren, starrte auf einen fernen Punkt und erinnerte
sich an seinen Traum, grübelte über die merkwürdige Symmetrie, die sich nun ergab, erinnerte sich,
wie er selbst triumphierend von oben auf Whymper
hinuntergesehen hatte, der sich, besiegt, noch weit
unten befand.

Er dachte darüber nach, wie seltsam das Leben
doch war, wie sich der Sinn der Dinge wandelte, wie
schwierig es war, das zu begreifen, was zu tun wir
uns verpflichten. Und in jenem Augenblick erschien
ihm das Matterhorn nur noch wie Gestein.

Die letzte Parade des Torwarts Trussewitsch

Am 12. April 1942 betrachtete Nikolaj Trussewitsch vom Hof der Großbäckerei in der Degtjarewskaja den Himmel über Kiew: Er war mit einem so hellen Weiß bestrichen, daß er wie eine Fläche aus Schlagrahm wirkte. Bald wird es schneien, dachte er und versuchte, gegen die Mauer gelehnt, die Ermüdung von der allzu schweren Arbeit aus seinem Körper zu verscheuchen.

Er richtete den Blick zu den Wolken, dann schloß er die Lider und ließ sich vom eisigen Wind streifen. Erst jetzt wurde ihm bewußt, daß er mit halblauter Stimme einen blasphemischen Kinderreim nach der alten Melodie vor sich hin trällerte, mit der Frau Berberowa ihn, als er noch ein Kind war, in den Schlaf gewiegt hatte:

»Herr der Welt, Herr des Himmels, schick uns bald Schnee, aber nicht einen Schleier, schick einen Berg davon, schick ein ganzes Meer davon, mach, daß niemand mehr schießen kann, schick den Schnee über Rußland, über Ägypten und Frankreich, schick davon so viel, wie ein Flugzeug trägt, das die tödlichen Bomben über unseren Häusern abwirft, mach, daß sein Weiß die ganze Erde bedeckt, die Geräusche verschluckt, den Krieg verstummen läßt, laß uns leben unter der Decke und gesund bleiben, fern und weit weg von diesen Deutschen ...«

Er hoffte, einzunicken und unter einer weißen Decke aufzuwachen, daher kniff er die Lider noch fester zusammen und lehnte den Kopf gegen die Betonmauer, immer noch die Strophen dieser merkwürdigen Litanei wiederholend. Deshalb bemerkte er nicht sofort, daß Iossif Kordik neben ihn getreten war, und als er seine Stimme hörte, fuhr er überrascht und auch leicht beschämt zusammen, denn er war sich sicher, daß Iossif die Worte gehört hatte, die er vor sich hin geträllert hatte.

»Beten hilft nichts, Nikolaj«, sagte Kordik, »wegen ein paar Schneeflocken werden die Deutschen nicht abziehen. Vielmehr werden sie uns befehlen, sie wegzuschippen ...«

Vor einigen Monaten war die Ukraine von den Nazis überfallen worden, die Kiew in Besitz genommen hatten und dort als Eroberer herrschten. Das normale Leben war zum Erliegen gekommen, und nun, da sie Gefangene waren, bestand die Hauptbeschäftigung aller im Bemühen ums Überleben, darin, den Tag in der Hoffnung zu verbringen, unversehrt den Abend zu erleben und ohne jene Normalität auszukommen, die wie in weite Ferne gerückt schien. Auch Trussewitsch hatte sich anpassen müssen. Er, der große Torwart, eines der Symbole von Dynamo Kiew, hatte Arbeit in der Brotfabrik gefunden, zusammen mit vielen seiner Fußballkameraden.

»Zumindest spüren wir den Hunger nicht allzusehr«, sagte er jedem, der sich darüber empörte, daß diese Tätigkeit nicht ihren sportlichen Glanzleistungen entspreche. Mit gesenktem Kopf und zusammengepreßten Lippen brachte er diese Entschuldigung mit dem Schamgefühl eines Menschen vor, der weiß, daß andere Leute viel schlechter behandelt werden.

An die Mauer gelehnt und in Erwartung des Schnees, kam Iossif Kordik – vielleicht wegen des melancholischen Kinderreims, den sein Freund soeben aufgesagt hatte, oder wegen der Zuneigung zweier Menschen, die sich schätzten – an jenem Abend plötzlich eine Idee, und er trug sie dem Champion vor, mit lauter Stimme, gleichsam wie einen Gesang, der im Gegensatz zu dem traurigen Gebet stand.

»Nikolaj, hier drinnen haben wir genügend Material und müssen uns nicht mit einem Leben als Gefangene und Sklaven abfinden«, sagte der Bäcker mit selbstsicherem Ausdruck.

»Ich spreche nicht vom Mehl und auch nicht vom Brot. Ich meine die besten Fußballspieler, die die Ukraine je hatte. Außer dir sind da noch: Gontscharenko, Swiridowskij, Korotkich, Klimenko, Tjuttschew, Putistin und Kusmenko von Dynamo und Balachin, Sucharjew und Melnik von Lokomotiv. Kurzum: Denk einmal gut nach! Das ist eine ganze Mannschaft, und zwar vom Besten. Sagen wir es den anderen und fangen wir wieder zu spielen an! Gehen wir hinaus aus dieser Fabrik und fordern wir jemanden heraus. Wenn wir den Ball kicken, werden wir das Leben wiederfinden und den Leuten von Kiew zeigen, daß es noch nicht zu Ende ist!«

Das also war die Geburtsstunde von »Start«, einer seltsamen Mannschaft, entstanden aus einem Zusammenschluß der beiden besten Formationen der Stadt in den Zeiten des Krieges. Elf gefangene Fußballer, elf wirkliche Stars, trainiert von einem ganz außergewöhnlichen Manager: einem Bäcker.

Ihr Trainingslager wurde der Hof der Großbäckerei in der Degtjarewskaja, nach den ermüdenden Arbeitsschichten unter den Augen dieser verdammten Deutschen. Nachts, weil der Tag mit der Plackerei verging. Sie schaufelten den Schnee zusammen, häuften Berge auf, die zugleich die Tore markierten. Sie waren müde und schwach von der Arbeit und wegen ihres Schicksals, aber ihre Beine erinnerten sich gut an das Spiel, und sogar die Deutschen ließen manchmal ihre Zustimmung erkennen und sogar ein wenig Bewunderung.

Fußball ist ein seltsamer Zauber, eine universale Sprache, ein Fest für Körper und Geist. Auch im Krieg. Sogar ein feindlicher Soldat kann die perfekte Geometrie eines wohldurchdachten Passes hochschätzen. Der Chef der deutschen Aufseher, ein gewisser Krüger, rief eines Tages Kordik in sein in der Nähe der Einfahrt gelegenes Büro. Er saß hinter seinem Schreibtisch, ohne den Eindruck zu vermitteln, dem Gefangenen gegenüber irgendeine Vertraulichkeit aufkommen lassen zu wollen, und fixierte einen unbestimmten Punkt an der Wand. Dann sagte er zu dem Bäcker, der aufrecht vor ihm stand:

»Euer Land ist traurig, die Tage in diesem Winkel der Welt sind alle grau und eintönig, auch wenn der Sommer bereits fortgeschritten ist. Unsere ruhmreiche Truppe braucht Zerstreuung, und das Ortskommando sucht nach Gegnern für die Mannschaft der Lastwagenfahrer. Ich habe gesehen, daß ihr eine kleine Fußballmannschaft auf die Beine gestellt habt, und ich habe den Eindruck, daß ihr recht gut seid. Also werdet ihr gegen uns spielen. Das Spiel ist für morgen angesetzt.«

Am 12. Juli 1942 hatte also die Mannschaft von Start ihren ersten Auftritt. Es war ein verhaltener Anfang, auf einem kleinen Spielfeld hinter dem Bahnhof, mit fast ausschließlich Deutschen auf den Tribünen und elf rauhbeinigen Lastwagenfahrern, die das Leder traten. Ehe er aufs Feld ging, blickte Nikolaj Trussewitsch zum Himmel. Die übliche schiefergraue Wolkentafel war ein Schleier, der Kiew und seine Bewohner einhüllte, bis hinein in die Baracke, in der er sich umzog. Aber ihm genügte, bereit zu sein, ein Trikot und Stutzen zu tragen, um zu begreifen, daß nichts seine Lust zu leben hätte bremsen können. Ein Blick auf die Kameraden, kein einziges Wort, und ihr Spiel aus der Mitte des Felds heraus war das Leben selbst: Sie gewannen mit 4:1, ohne sich übermäßig anzustrengen, und dies, obwohl die Deutschen böse foulten und der Schiedsrichter tat, als würde er nichts sehen. Die Prämie für diesen Sieg war nur ein Blick am Tag darauf, als Kordik zur Arbeit kam: Er begegnete Krügers Augen, und dieser starrte ihn einen Moment lang an, dann änderten sie die Richtung, und er senkte den Blick, ohne ein Sterbenswörtchen zu sagen. Dem Ukrainer kam es vor, als habe er eine Trophäe gewonnen, und er fühlte sich wie ein Champion.

Zwei Tage später wurde er erneut zum Rapport in das Büro neben dem Eingangstor bestellt, und so, als wäre nie irgendein anderes Spiel ausgetragen worden, befahl der Deutsche Kordik, die Mannschaft auf eine Begegnung mit der Auswahlmannschaft der Pioniere vorzubereiten.

»Das ist eine große Ehre für euch, die ihr ja kaum mehr als Hunde seid«, sagte er. Und barsch fügte er hinzu: »Haltet euch bereit, das Spiel findet morgen statt!«

Am 17. Juli stellte sich die Mannschaft von Start ihrem zweiten Einsatz und fühlte nicht die Anstrengung eines Spiels, das kaum fünf Tage nach ihrem ersten Auftritt ausgetragen wurde. Sie gewannen 6:0. Sie spielten die Pioniere in Grund und Boden, die sich aber immerhin fair verhielten. Gegen Mitte der ersten Halbzeit nahm Gontscharenko, der in die rechte Spielhälfte gelaufen war, den Ball aus der Luft an und flankte ihn hoch in die Mitte auf seinen Stürmer, und sein Kamerad schoß das Tor. Und während dieser ihn umarmte und ringsum der Applaus der Kameraden zum Himmel stieg, sah er, wie ihm sein Gegenspieler langsam entgegenkam und ihn schweigend und voller Bewunderung ansah, mit geöffnetem Mund, als wolle er etwas zu ihm sagen. Makar Gontscharenko vergaß den Feind, sah einen Mann, der verspottet wurde, und sandte ein Lächeln

zum Gegner hinüber, der einen Augenblick regungslos stehenblieb und dann auf dem Absatz kehrt-
machte. Am Ende der Begegnung gab keiner der
Deutschen ihnen die Hand. Und in jener Nacht
träumte Gontscharenko von dem Deutschen, der in-
nehielt, um ihn so verwundert anzublicken, wie man
einen Marsmenschen ansieht.

Starts erste Siege machten Eindruck. In dieser von
Hunger und Tod gebeugten Stadt waren die Triumphe der Ukrainer wie eine Umarmung, eine ehrliche
Geste der Zuneigung für die Menschen, die mühsam
ihr Dasein fristeten. Die Ukrainer sprachen viel, ja
ununterbrochen von dem letzten Spiel und fühlten
sich stärker und zufriedener. Die große Mannschaft
von Dynamo war wieder da, unter einem anderen
Namen, und sie war wiedererstanden, um den Fein-
den Schwierigkeiten zu bereiten. Ein Hoffnungs-
schimmer.

Am 19. Juli stellten sie sich der MSG Wal, einer
ungarischen Mannschaft, erstklassigen Leuten, die
schönen Fußball spielten, Donaufußball, phantasie-
voll, schnell, spannend. Dennoch endete das Spiel
wieder mit einem Triumph für die ukrainischen
Stars, für die Leute aus der Bäckerei. Sie schossen
fünf Tore, ganz locker, und am Ende des Kampfes,
während die Leute vor Freude sangen, erklärte sich
Iossif Kordik bereit, sich eine Woche später auf die
Revanche einzulassen.

Die MSG Wal setzte alles daran, ihr Gesicht nicht
zu verlieren und eine gute Figur zu machen ge-

genüber Männern, die sicherlich ein gewisses Niveau hatten, aber doch wenig trainiert und infolge der Zwangsarbeit abgemagert und erschöpft waren. Das Spiel war schwierig, und es wurde hart gekämpft. Es war Pawel Komarow, der die Ungarn schachmatt setzte, indem er das dritte Tor schoß, nachdem die MSG vorübergehend mit 2:1 geführt hatte.

Das Match verfolgte von der Tribüne aus auch Generalmajor Eberhardt. Im Stadion jubelten die Ukrainer über den erneuten Sieg, es gab Jauchzer und frohe Gesichter. Sie sangen Lobeshymnen auf ihre Spieler, auf Komarow und Gontscharenko, die sie begeistert hatten, auf Trussewitsch, der wie ein Champion pariert hatte. Der Nazi machte eine verärgerte Handbewegung. »Dieser Rasse von Untermenschen«, sagte er, »muß man unbedingt eine Lektion erteilen!«

Als der Stab zusammentrat, sprach jemand von Vernichtung, von einer harten Hand, die den Ukrainern für immer die Selbstzufriedenheit aus den Gesichtern schlagen sollte. Da bat Eberhardt um das Wort.

»Ich glaube nicht, daß das die richtige Lösung ist«, sagte er mit einem verzerrten Lächeln. »Glaubt ihr wirklich, daß der Geschmack an solchen Siegen nachlassen kann, nur weil man jemanden umbringt und einen anderen einsperrt? Und auch wenn wir die Auftritte ihrer Spieler beenden sollten, auch wenn wir sie verbieten würden, glaubt ihr im Ernst, daß sie die Erfolge vergessen würden, meint ihr, daß sie sich nicht weiterhin für so stark und unbesiegbar halten, wie sie es bisher gewesen sind?«

Über den Saal senkte sich Schweigen. Alle begriffen, was der Generalmajor sagen wollte. Das Gefühl des Rausches, das ein spielentscheidendes Tor verleiht, kann nicht dadurch verfliegen, daß man nie mehr spielen darf. Was bleiben wird, ist der Genuß, es zu wissen, das Hochgefühl, zu berichten, wie es kam, daß deine Champions die anderen in die Knie zwangen, die Lust, eine bestimmte Geste wieder heraufzubeschwören, einen Angriff zu beschreiben. Und von Mund zu Mund wandernd, würden die Großtaten eines einfachen Fußballspiels, noch gesteigert durch das Gefühl des Verbotenen, in die Geschichte des Volkes eingehen, zum Heldenepos werden, das zusammen mit jenen Erzählungen überliefert würde, die ohnehin nichts anderes sind als Mythen.

»Man muß einen anderen Ausweg finden«, sagte Eberhardt, an die Offiziere gewandt, »etwas, was diesen Hunden hundertprozentig und definitiv den Gedanken aus den Köpfen schlägt, die Besseren zu sein. Sie müssen wieder nichts werden, absolut gar nichts!«

Dieses letzte Wort brachte den Raum zum Vibrieren wie ein Schuß, wie ein harter Schlag, der keine Bedingungen zuläßt. Der Nazi ließ es noch ein wenig nachhallen, dann zischte er, den Rücken gerade gereckt, mit einer teuflischen Stimme die Lösung heraus:

»Wir brauchen eine Niederlage«, sagte er, »und

deshalb muß noch einmal gespielt werden. Aber schlau gespielt. Wir müssen gegen diese Formation, die bewiesen hat, daß sie sehr gut ist, unsere beste Fußballmannschaft in Stellung bringen, die es zur Zeit gibt, und sie schlagen, sie demütigen, ihnen durch Taten klarmachen, daß sie sich auf keinen Fall freikaufen können.«

Sofort lief ein Gemurmel durch die Reihen der Offiziere, ein Wort, das allen auf der Zunge lag: Flakelf.

»Wir werden die Flakelf holen, die unbesiegbare Mannschaft der Wehrmacht«, sagte Eberhardt schließlich und sprach damit klar und deutlich aus, was allgemein geflüstert wurde. »Wir veranstalten das Spiel im Stadion von Dynamo, und wir werden sie besiegen. Wir werden für diese Begegnung viel Werbung machen und die Ukrainer zwingen, sich mit eigenen Augen von unserer überlegenen Stärke zu überzeugen.«

Vom folgenden Tag an kündigten tatsächlich Zeitungen und Radio die Ankunft der unschlagbaren deutschen Elf an. An den Mauern von Kiew tauchten Tausende von Plakaten auf, die das wichtige Fußballmatch zwischen der Flakelf, der Mannschaft der deutschen Wehrmacht, und Start, dem örtlichen Fußballklub, anpriesen.

Iossif Kordik versammelte seine Leute bei der Brotfabrik. Ihre Gesichter waren angespannt und finster, eine sehr trübe Stimmung hing in der Luft.

»Meine Freunde«, begann der Trainer, »ich mache keinen Hehl daraus, daß diese Angelegenheit nach Tod riecht. Von welcher Seite aus ich sie auch betrachte, ich sehe nichts Gutes. Ich möchte keinen Zweifel aufkommen lassen. Das Schicksal hält Folgendes für uns bereit: besiegt werden und dann für immer Sklaven sein, oder siegen und dem Tod entgegengehen. Wie ich die Nazis kenne, glaube ich nicht, daß sie eine Niederlage hinnehmen, ohne irgendwie zu reagieren. Es ist ein Kräftemessen, und sie wollen beweisen, daß sie die Stärkeren sind. Siegen heißt Sterben.«

In der Enge des Hofs, im Dunkel der Nacht, hallte Kordiks Rede gespenstisch wider. Eine riesige Falle, ein tödliches Spiel, in das ihre eigene Bravour sie hineingetrieben hatte.

»Ich bitte euch alle um Entschuldigung«, fuhr Kordik mit brüchiger Stimme fort, »ich bitte euch um Verzeihung, weil ich die unselige Idee hatte, euch zusammenzubringen, und euch jetzt zu einer Wahl zwinge, die man in Wirklichkeit gar nicht treffen kann. Ich dachte an die Möglichkeit einer Rettung, ich dachte daran, wie ihr spielen könnt, ich dachte an den Ball, und statt dessen habe ich euch in ein Wahnsinnsspiel geführt. Statt dessen schicke ich euch in die Katastrophe.«

Die Gruppe der Männer blieb sitzen, alle lauschten schweigend seinen Worten. Nur Trussewitsch ließ seine Stimme vernehmen. Im Schein des Mondes, in dieses eisige Vorgefühl eines morgigen Tages hinein, der schon verloren schien, sagte der Torwart:

»Ich fühle mich nicht geschlagen. Es ist nicht

richtig zu glauben, daß uns eine Schuld trifft. Es sind diejenigen, die uns unterdrücken, die uns in den Tod zwingen. Ich treffe keine Wahl, mein lieber Iossif, es gibt keine andere Möglichkeit. Ich bin Torwart und kann nur parieren. Würde denn einer von euch je aufs Feld gehen mit der Absicht, einen Fehlpaß zu schlagen?«

Es gab keine Diskussion. Man brauchte keinen Mut, um zu begreifen, wie sie sich verhalten würden.

In dieser Nacht träumte der Tormann von einem seltsamen Match auf einem abschüssigen Spielfeld. Die Bälle, die von seinen eigenen Mannschaftskameraden geschossen wurden, rollten zurück, kamen ihm entgegen, und er hatte große Mühe, sie abzufangen. Dennoch war es ihm am Ende des Spiels gelungen, jeden Ball, der bei ihm landete, zu parieren. Er war müde und erschöpft, sein Trikot durchtränkt von einem blutähnlichen Schweiß. Vor dem Tor hatte er jetzt den Tod, elegant, höflich, dunkel gekleidet.

»Ich muß noch ein letztes Mal das Leder treten«, sagte er zu ihm und legte sich den Ball zurecht. »Ich liebe es, anzugreifen und − wie soll ich sagen? − einen Strafstoß auf ganz bestimmte Weise auszuführen.« Und lachend trat er den Elfmeter, und Nikolaj warf sich zur Seite, um den Ball abzufangen. Er wurde von einer Lawine von Hieben, einem Hagel von Maschinengewehrsalven getroffen. Er wachte jäh auf, und die Luft war fast heiß, die Stirn schweißgebadet, und zwischen den Händen drückte er sein Strohkissen.

Der 6. August war das festgesetzte Datum. Das Stadion erinnerte an einen Marktplatz, eine endlose Arena, aufgeteilt nur zwischen zwei Farben: Auf der einen Seite stach auf den besten Tribünenplätzen das Grün der Naziuniformen heraus. Der Rest war die dunkle Masse der Ukrainer, die, mit ihrer Hoffnung, im Hunger, im finstersten Elend, in diesem Augenblick ein Fest erlebten.

Start lief unter schüchternem Beifall ein, an der Spitze Trussewitsch, und stellte sich in der Mitte des Feldes auf. Donnerndes Getöse empfing die anderen, die große Flakelf, diese entsetzliche Supermannschaft. Das Spiel begann, und drehbuchgemäß rannten die Deutschen los, warfen sich nach vorn und umzingelten Start, als wollten sie die anderen im Sturm nehmen.

Von seinem kleinen Terrain aus, vor der Linie, die die Grenze zwischen Leben und Tod markierte, half Nikolaj Trussewitsch beim Kampf. Er sah die Gegner heranlaufen, folgte mit den Augen den hohen Bahnen, die der Ball zurücklegte, wenn er kraftvoll von der einen Seite des Spielfeldes zur anderen gespielt wurde. Dieses Mal wird es ein Gemetzel, dachte er, während er den Ball zurückschlug, einer ständigen Belagerung können wir keinen Widerstand entgegensetzen.

Sie waren schwach, Gefangene des Hungers, der Zwangsarbeit, der großen Spannung, während die anderen mit der Lust von Wölfen liefen. Es dauerte nicht lange, etwa zehn Minuten, und der Ball schoß nach einem Kopfball des Mittelstürmers der Nazis wie eine Rakete auf seinen Torpfosten zu. Nikolaj warf sich, fast fliegend, auf ihn: langsam, wie ein Stein, mit erhobenem Arm, und seine Hand wog mehr als eine Tonne. Dem Geschrei der Deutschen entnahm er, daß der Ball ins Tor gegangen war.

Gontscharenko lief an seiner Seite entlang und bückte sich, um den Ball aufzuheben. Es bedurfte keiner Worte. Nur eines Blickes, einer bitteren Grimasse. Nichts als ein großer Schmerz. Dann ging Makar, mit dem Ball in der Hand, zum Wiederanstoß in die Mitte des Feldes, aber gemessenen Schrittes, ohne die Fassung zu verlieren. Von unten, wo er noch am Torpfosten saß, sah Trussewitsch ihn so ruhig gehen, als bummele er in einem Traum: Die anderen Spieler, der Schiedsrichter, das ganze Stadion verharrten, um diesem Mann zuzusehen, der allein und gemächlich über das Spielfeld ging, in den Händen den Ball, mit dem gelassenen Ausdruck eines Menschen, der sich keineswegs geschlagen fühlt. Da erhob sich auf der ukrainischen Seite der erste schüchterne Beifall, gefolgt von mehr und immer mehr Applaus, der zu einem Sturm anschwoll.

Als das Spiel weiterging, war Trussewitsch klar, daß sie nicht kapitulieren würden. Der Ausgleichstreffer wurde tatsächlich kurz darauf erzielt: Noch vor Ende der ersten Halbzeit entwischte Gontscharenko in Richtung Grundlinie und spielte den Ball wieder in die Mitte. Der kräftig getretene Ball flog über die Abwehr hinweg und rollte zu Balachin. Der Ukrainer hob die Augen zum Tor, und sein Blick kreuzte den des deutschen Tormanns, der vor Anstrengung rot angelaufen war, sah den gewaltigen Raum, der sich vor ihm auftat, und in der Stille, in die das Stadion gestürzt zu sein schien, begriff er schlagartig, was der Tod war. Er hatte nicht einmal die Zeit, irgend etwas zu berechnen, und im Grunde kann ein Spieler ja vor einem weit offenen Tor gar nicht spekulieren. Er kann nur schießen, und Balachin schoß, er trat den Ball und traf mitten ins Netz: ein Tor, zu ihren Gunsten.

Das ist keine Frage von Heroismus, nicht einmal von Mut, dachte er, während ihn seine Kameraden umarmten. Ihr habt spielen wollen, und ich habe gespielt.

Unterdessen hatten die Ukrainer auf den Rängen wieder Atem geschöpft, man verstand ihre Freude bei all dem Protest der Deutschen, dem Gebrüll und den Beleidigungen, die sich über das Spielfeld ergossen. Auf der Tribüne bewegte sich jemand unruhig hin und her, griff sogar zum Gewehr und fing zu drohen an. Der Schiedsrichter machte ein Zeichen, daß es vorläufig genug sei.

In der Pause stieg Kommandant Fischer von der Gestapo in die Umkleidekabinen der Ukrainer hinunter, um ihnen einen Vortrag zu halten.

»Nicht schlecht, wirklich, mein Kompliment«, sagte er mit einem verzerrten Lächeln auf den Lippen, »ihr wolltet zeigen, daß ihr spielen könnt, und ihr habt es bewiesen. Aber vielleicht seid ihr begriffsstutzig, vielleicht habt ihr es noch immer nicht kapiert. Jedenfalls kommt jetzt die zweite Halbzeit, fünfundvierzig Minuten, um aufzuholen. Achtet gut darauf, daß ihr langsam seid. Das ist kein Rat. Das ist ein Befehl«, und er sagte das mit seiner Luger in der Hand.

In der zweiten Halbzeit rollte der Ball wie ihr Leben, in eine Richtung, die oft die falsche ist. Der Schiedsrichter versuchte, in jeder Hinsicht das Aufholen zu begünstigen, er war streng mit den Ukrainern und nachsichtig mit den anderen, trotzdem schoß Start zwei Tore und die Flakelf nur eins.

Beim Stand von 3:2 hielt das einheimische Publikum nur mühsam seine Freude zurück, während die Nazis in einer Wolke wilder Wut erstickten. Die Situation wurde paradox: einerseits halblaute Hochrufe, eine ungeheure, aber implodierte Genugtuung, auf der anderen ein Höllenlärm aus bestialischem Gebrüll, Worten der Wut und Warnschüssen. Und mittendrin Start, die Mannschaft, die tanzte, mit schnellen Pässen und hoher Spielkunst Augenschmaus bot. Beim vierten Tor, nach etwa einer halben Stunde, dachte der Schiedsrichter an die peinliche Situation, vielleicht hatte er Angst, nicht parteiisch genug zu sein, vielleicht dachte er auch an sein eigenes Schicksal, jedenfalls kam er zu dem Schluß, daß die Partie nun schon lange genug gedauert habe.

Start ging langsam hinaus, und die Mannschaft zog sich unter wenigen mutigen Beifallsbekundungen in die Umkleidekabinen zurück. Niemand sprach, niemand sagte auch nur ein Sterbenswörtchen. In einer unwirklichen Atmosphäre gingen die elf Männer mit gesenktem Kopf an den Leuten vorbei, von denen die einen ihnen mit Blicken zujubelten und die anderen ihnen Beleidigungen entgegenspuckten. Auf den Holzbänken, zwischen den verschwitzten Trikots, stimmte Sucharjew ein Liedchen an. Iossif Kordik zündete sich derweil eine Zigarette an und dachte darüber nach, daß nun alles zu Ende sei. Als Generalmajor Eberhardt ihn rief, fühlte er sich wie ein Verurteilter.

Mit blau angelaufenem Gesicht wandte sich der Nazi mit tiefster Verachtung an sein Gegenüber:

»Heute ist es für euch gut ausgegangen. Ihr habt Glück gehabt. Die Flakelf war müde. Ich glaube, ihr habt auch noch nicht kapiert, daß ich wirklich keinen Spaß mache. Es ist bestimmt ein Zufall gewesen, und deshalb zählt dieses Mal nicht. Das Spiel wird wiederholt, und damit ihr üben könnt, seid ihr alle verhaftet. Am 15. werdet ihr noch einmal antreten.«

Vor dem brüllenden Nazi liefen Kordik die Tränen über das Gesicht, und gegen die voller Geringschätzung gesprochenen Worte des Offiziers wandte der Bäcker ein:

»Nicht aus Angst, Herr General, sondern wegen meiner Spieler, wegen des Preises, den sie zu zahlen haben: Ihr könnt dieses Spiel noch tausendmal wiederholen, und der Sieg würde an sie gehen. So kommt es, wenn ihr weiterspielt. Euch bleibt keine andere Lösung, als zu schießen.«

Kordik hielt sich an sein Wort, und auch der Offizier. Allen wurde verboten, die erste Niederlage zu erwähnen. Keine Zeitung, kein Radio spielte auf die Nachricht von den elf gefangenen Hunden an, die ihre Herrchen lächerlich gemacht hatten. Es waren elf Champions, und sie gewannen auch das zweite Spiel. Makar Gontscharenko weinte, als er das Tor erzielte. Dieses Mal kam die Gestapo unmittelbar nach Spielende in die Umkleideräume. Sie wurden geschlagen, sie wurden getreten wie Fußbälle, einige wurden festgenommen und nach Babi Jar geschickt.

Nikolaj Trussewitsch wurde, noch im Trikot, auf die Straße gezerrt und von einem Offizier mit einem Schuß in den Nacken ermordet. Der Mann war ein Drogist aus Bayern, dick und jovial. Zu Hause hatte er eine betagte Mutter und einen älteren Bruder, der das Geschäft inzwischen führte. Er war ein praktisch denkender Typ: arbeiten und sparen. Er hatte immer darauf geachtet, daß nichts verschleudert wurde. Im Angesicht dieses Torwarts, der noch gekleidet war wie ein Fußballer, dachte er, daß ein einziger Schuß wohl ausreichen sollte – ja, um einen Menschen zu töten ist ein Schuß mehr als genug. Es genügt, ihm direkt in den Kopf zu schießen, ohne etwas zu vergeuden, ja, man kann sogar die Verachtung und den Hohn einer Erklärung hinzufügen. Deshalb stellte er sich neben Trussewitsch und sagte zu dem Champion:

»Jetzt parier auch das, schau, ob du das schaffst.«
Er war ein praktisch denkender Typ, dem es an

Phantasie mangelte. Aus diesem Grund erfuhr er auch nie, daß Trussewitsch die Kugel, die aus der Pistole geschossen kam, von rechts blitzschnell und geradeaus auf sich zufliegen sah und abtauchte, um den Schuß zu parieren.

He, Papi!

Ich glaube, daß man das Letzte
aus sich herausholen und
sich folglich auch irren muß.

PIER PAOLO PASOLINI

Am Nachmittag des 4. Juli 1954 verließ Pier Paolo
Pasolini pünktlich um drei Uhr das Haus. Die Sonne,
die auf Rom herabbrannte, hatte die Gestalten der
wenigen Passanten aufgelöst und in unheimliche
Tagesgespenster verwandelt. Kein Lüftchen regte
sich in der Stille, und in jenem Augenblick glaubte
er, daß niemals mehr irgend etwas geschehen würde;
die Welt schien nach einer Atomexplosion stehengeblieben zu sein, versengt von der Hitze einer Bombe,
die das Leben zum Schmelzen gebracht hatte, als
wäre es ein Eiszapfen gewesen.

Dicht an den Mauern entlang ging Pasolini, die
seltenen schattigen Stellen nutzend, das Zentrum
hinter sich lassend, die Via Ostiense hinauf, dorthin,
wo die Skelette der im Bau befindlichen Wohnsilos
wie Segel wirkten, die gegen einen nicht wehenden
Wind gehißt worden waren. Während er auf die
Rohbauten zuging, wurde die Straße immer schlechter, voller Steine und Staub. Eine dünne rosafarbene
Patina, die die Dinge wie Puder überzog. Neben dem
ersten Gebäude, dem größten, versteckten sich hinter einem berghohen Schutthaufen das Loch einer
Baugrube, die frisch gelegten Fundamente einer
weiteren Mietskaserne, ein weiterer kariöser Zahn

auf der Erde. Es war Sonntag und die Baustelle verlassen. Alles schien zu ruhen, in der Schwebe.

Ein Waffenstillstand, dachte Pasolini, heute findet kein Krieg statt.

Doch während er über dieses Schweigen nachdachte und die Stadt, die aus dem Nichts herauswuchs, betrachtete, hörte er plötzlich einen leisen Ruf, so zwischen zusammengebissenen Zähnen hervorgestoßen, als sollte niemand gestört werden.

»He, Spì, mach schon! Es wird ja Nacht, wenn du so weitertrödelst«, sagte die Stimme, die, wie ihm schien, einem älteren Mann gehörte. »Her mit dem Zeug, und zwar dalli!«

Pasolini kletterte auf den Schutthaufen, darauf bedacht, keinen Lärm zu machen. Er setzte sich auf den Gipfel des Hügels und blickte verstohlen um sich.

Machen wir's wie die Indianer, dachte er, fast so, als sei es ein Spiel. Ich sehe, ohne mich sehen zu lassen, ich bleibe hier sitzen und lausche.

Am Rand der großen Grube nahm die Einfriedung des Bauplatzes ihren Anfang: Eine Reihe von Holzpfosten und Blechen grenzten jenen Teil ein, in dem gebaut wurde. Etwas unterhalb seines Aussichtspunktes war in der Metallplatte ein Loch, wie ein Eselsohr an der Ecke eines Blattes. Neben dieser Bresche ein Handkarren und ein Mann, groß wie ein Schrank, im Unterhemd. Zweifellos war dies der Mann, der gesprochen hatte und ihm den Rücken zukehrte, aber auch als er sich umdrehte, gab er zu erkennen, daß er nervös war und Angst hatte. Er blickte ungeduldig um sich, schlug sich mit einer Hand auf den Schenkel, und mit der anderen strich er sich ständig über den spärlichen Bart, fast so, als wollte er sein Gesicht streicheln und beruhigen, als wollte er sich, indem er darüber rieb, sagen: »Reib dich doch nicht auf!«

Nach wenigen Minuten war hinter dem Blech ein Geräusch zu hören, etwas Schleifendes, dann ein dünnes Pfeifen, als wollte ein Spatz sein Lied singen. Bei diesem Ton machte der Mann einen Satz und beugte sich in die Grube hinunter, dann ergriff er etwas und begann zu ziehen. Wie bei einem Taschenspielertrick erschien zwischen seinen Händen plötzlich eine dicke Eisenstange, die er sehr vorsichtig auf den Karren neben sich legte.

»Gut so, Spì«, rief er mit halblauter Stimme in das Loch hinein, »raus mit dem ganzen Zeug, und dann nix wie weg von hier!«

Von der anderen Seite der Einfriedung reichte jemand noch Holzbalken heraus, Rundstäbe, Baumaterial, und binnen weniger Minuten war alles aufgeladen. Da sagte der Mann nur: »Los!« und schob den Karren in Richtung Straße.

Er kam an dem Hügel vorbei, von dem aus Pasolini, sich duckend, deutlich sah, daß ihm der Schweiß von der Stirn rann und daß seine Muskeln angespannt und vor lauter Anstrengung ganz angeschwollen waren. Er schaute ihm nach, bis er hinter der Ecke unten am Ende verschwand, ohne Gewissensbisse in die Welt eintauchte.

Als er sich wieder zu der Blechwand drehte, sah er

einen Jungen neben der Grube sitzen. Er mochte vielleicht zwölf Jahre alt sein, war dünn und verschwitzt und hatte den Kopf so auf die Brust gesenkt, als sei er plötzlich eingeschlafen.

Pasolini betrachtete ihn einige Minuten und kam zu dem Schluß, daß es nicht vernünftig sei, so dazusitzen, unter freiem Himmel, am Schauplatz eines soeben begangenen Diebstahls. Außerdem beunruhigte es ihn ein wenig, ihn so regungslos zu sehen, den Rücken gegen das Blech gelehnt und mit einem so hängenden Kopf wie einer, der die Waffen gestreckt hatte. Er dachte, daß er vielleicht Hilfe brauche, und machte sich auf. Er stieg den Hügel hinunter, wischte sich die Hose sauber, indem er mit der Handfläche über die Beine strich, dann ging er um den Schutthaufen herum und auf den Jungen zu. Er bewegte sich mit leichtem Schritt, vorsichtig, weil er überzeugt war, daß der andere wie eine Rakete davonsausen würde, wenn er einen Unbekannten auf sich zukommen sah. Der vollendete Diebstahl und das schlechte Gewissen hätten ja eigentlich eine Flucht nahegelegt. Doch er zeigte keinerlei Anzeichen von Besorgtheit. Beim Geräusch der Schritte auf dem Kies hob er den Kopf kaum ein paar Zentimeter, schielte von unten dorthin, von wo das Geräusch kam, und ließ den Kopf dann wieder auf die Brust sinken.

Pasolini trat vor ihn hin und blieb aufrecht stehen. Er war verdutzt und wußte im Augenblick nicht, was er tun sollte. Da setzte er sich neben den Jungen, lehnte sich gegen die Blechplatte, und nun, aus dieser geringen Entfernung, verstand er alles: Aus dem Innern dieses Brustkorbs hörte er ein dumpfes Rasseln aufsteigen, die schwere, mühevolle Atmung eines Menschen, der nach Luft ringt. Das gestreifte Hemdchen war schweißgetränkt, klebte ihm am Körper, und an der Seite zeichneten sich seine Rippen deutlich ab. Es versetzte ihm einen Stich ins Herz, und er bekam Angst, daß dieses magere lange Kerlchen vor seinen Augen zerbrechen könnte wie ein Zahnstocher.

»Alles in Ordnung?« fragte er ihn dann.

Der Junge nickte ein paarmal.

»Es iss, daß ich Asthma hab und keine Luft krieg«, sagte er. »Bei so viel Hitze und Staub isses immer so 'n Theater. Dann überkommt's mich. Es dauert 'ne Zeit, und dann vergeht's wieder.«

»Vielleicht hast du dich zu sehr angestrengt. Das waren schwere Sachen, und bei dieser Hitze bekommt man auch dann kaum Luft, wenn man sich nicht bewegt«, sagte Pasolini arglos, mit einem Ton in der Stimme, der genau richtig war, um ihm klarzumachen, daß er ihn gesehen hatte, ihn aber nicht verraten würde.

Tatsächlich zeigte der Junge keinerlei Reaktion. Er blieb regungslos sitzen und keuchte weiter mit jenem rauhen Ton, der aber allmählich leiser wurde. Sie blieben so sitzen, in dieser Stille, die nur unterbrochen wurde vom schabenden Geräusch seines Atems, bis auch das völlig verschwand und Ruhe eintrat.

»Aber du, was suchst 'n du hier? Warum spionierst 'n du Leuten nach, die schaffen gehn?« fragte der

Junge, aber mit einem halben Lächeln, als wollte er ihm zu verstehen geben, daß er zwar ein gewisses Vertrauen hatte, aber doch auf der Hut war.

»Ich suche nichts Bestimmtes, ich bin nur spazierengegangen«, sagte Pasolini und erwiderte sein Lächeln. »Ich bummle gern zwischen den Häusern herum, die gerade gebaut werden, um zu schauen, wie es jetzt hier ist, und um darüber nachzudenken, wie es einmal war und wie es sein wird, wenn alles gewesen ist. Ich gehe herum mit meinen Gedanken und erlebe dann oft schöne Überraschungen: Häuser, aus dem Nichts gewachsen, seltsame Landschaften, Leute, die hierherziehen, um hier zu leben, neue Begegnungen. Manchmal finde ich auch etwas, was ich nicht erwartet habe. Wie zum Beispiel heute dich, bei deiner ... Arbeit.«

»Und was machst 'n dann mit diesen Sachen? Ich kann von dem Eisenzeugs wenigstens leben! Ich lad den Karren von diesem Idioten voll und verdien so meine Kröten, weil's ohne Kohle nix zum Beißen gibt«, sagte der Junge resolut, den Blick in den des anderen gesenkt, als wollte er dem etwas erklären, was eigentlich ganz natürlich ist, was aber der allein, und zwar aus Leichtsinn, nicht wußte, etwas, was der mit Sicherheit nicht konnte.

Pasolini beeindruckte dieser Blick, die Entschlossenheit und die Kraft, die dieses Kerlchen ausstrahlte. In diesem Moment kam es ihm vor, als lebte er tatsächlich; zwischen dem Staub und den Gespenstern der Mietskasernen lehrte ihn jemand etwas, was man sonst nicht lernen kann: das, was häßlich

und schön ist, was stinkt und duftet, was lebt, obwohl
es Mühe hat zu atmen. Deshalb sagte er nichts,
lächelte nur, lehnte den Kopf gegen die Blechwand
und ließ die Hitze in seine Wangen strömen und sich
in einer einzigen Liebkosung um Hals und Schultern schlingen.

»Ich bin jedenfalls Renatino, aber alle sagen Spino
zu mir, weil ich dünn bin und steche, du weißt schon,
was ich meine«, sagte der Junge und streckte die
Hand aus.

»Und ich heiße Pier Paolo, aber nenn mich ruhig
so, wie es dir Spaß macht«, antwortete Pasolini und
drückte ihm fest die verschwitzte Hand.

Und so begann die Freundschaft zwischen Pasolini und Renato Panizza, genannt Spino, an einem
entsetzlich heißen Julitag, und nur die Rohbauten
der Mietskasernen waren Zeugen dieser Begegnung
zwischen einem Dichter und einem kleinen Jungen.

Sie redeten viel an jenem Nachmittag, über Spi-
nos Familie, die aus den Abruzzen stammte und nach
Rom gekommen war, um hier besser zu leben, als das
auf dem Land möglich war, darüber, wo sie wohnte,
nämlich in Monteverde in einem Wohnsilo, über
den Atem, der ihm ausging wegen des Zements, und
über seine Leidenschaft, den Fußball, den er nur unter Mühen spielen konnte wegen dieser Kurzatmig-
keit, die ihn quälte. Auf diese Weise entdeckten sie
Gemeinsamkeiten, wie sie seltsam erscheinen mö-
gen bei zwei Menschen, die auf den ersten Blick so
verschieden sind. Auch der Dichter liebte den Fußball, spielte selber gern und knüpfte mit dem Jun-

gen ein langes Gespräch an über Spiele, über Mannschaften und Aufstellungen und darüber, wie man
einen Überraschungsangriff starten muß.

Ein paar Stunden später, als die Sonne schon etwas
tiefer stand, fragte Spino Pier Paolo, ob er nichts anderes zu tun hätte, ob er Lust hätte, ihn nach Monteverde zu begleiten, hinter die Mietskasernen, wo er
sich inmitten der Baustellen mit seiner Bande treffen würde. Mit Er Catena, Er Manetta, Montesano
und all den anderen, mit denen er sich zu einem
Match verabredet hatte.

»Sehr gern, Spino, aber unter einer Bedingung –
daß auch ich mitspielen darf. Ich kann nämlich was.
Ich bin ein ausgezeichneter Linksaußen. Kriegst du
den Doppelpaß vielleicht so hin wie Biavati?« Und
während er das sagte, war er schon aufgestanden,
hatte einen imaginären Ball vor sich auf den Boden
gelegt und mit dem Fuß gestreichelt, dann war er
nach vorn gelaufen, hatte leichtfüßig und mit einer
raschen Bewegung der Beine getänzelt, einen Zwei-
vierteltakt. Er endete mit einem mächtigen Tritt gegen einen Stein, der gegen die Blechwand flog und
diese wie einen chinesischen Gong ertönen ließ.

»Menschenskinder, Papi, du hast ja ganz schön
was drauf! Aber so was mußt du schon mit dem Ball
machen, denn mit der Luft spielen, das kann doch jeder. Los, gehn wir, es ist spät, setz deinen Hintern in
Bewegung . . .«

Als sie in Monteverde auf ihrem Platz eintrafen,
wurde der Ball schon zwischen den Beinen von etwa
einem Dutzend erhitzter Burschen hin und her ge-

spielt. Spino rief nach Er Manetta, einem langen Lulatsch, groß und kräftig, der der Anführer zu sein schien. Während er ihm Pier Paolo vorstellte, sagte er:

»He, Mane', das issn Freund, 'n klasse Spieler, 'n Linksaußen. Er behauptet aber, daß er auch in der Mitte spielen kann.«

Er Manetta musterte Pasolini und drückte ihm die Hand.

»Für mich isses okay. Das Feld iss groß genug, ein Typ mehr oder weniger macht nix.«

Er rief dann Er Catena herbei und sagte:

»Such die Jungs aus, stellen wir die Mannschaften auf und legen wir los, bevor's dunkel wird. Ich hab schon die Schnauze voll.«

So teilten sich die Anwesenden auf, fünf auf jede Seite, um sich während des Spiels auf den Positionen abzuwechseln. Spino stellte sich ins Tor, wegen seiner Atemprobleme, und Pasolini an den linken Flügel, an die Seite von Er Manetta. Beim Startzeichen kam es dann eher zu einer Rauferei als zu einem Match. Wo immer der Ball war, entstand ein Getümmel von Beinen und Fußtritten, ein Hexenkessel. Das Geschrei erfüllte den Platz zwischen den Gebäuden bis zum Bersten − Rufe nach dem Ball, Flüche und Verwünschungen. Nur Pasolini versuchte, inmitten dieses Wahnsinnstanzes dem Spiel einen Sinn zu geben, nach einem Plan vorzugehen. Er blieb konsequent am Flügel und verlangte nach dem Ball, und wenn er ihn dann zwischen den Füßen hatte, dachte er nicht nur daran, um ihn herumzudribbeln: Er rief den anderen Anweisungen zu, winkte mit der Hand, wies den Kameraden die richtige Position zu, pfiff bald den einen, bald den anderen zurück und spielte Pässe.

Vielleicht, weil er ein Erwachsener war, vielleicht aber nur wegen der Leidenschaft, mit der er diese Partie spielte, die ja kein wichtiges Finale war – der Dichter wirkte jedenfalls auf diese Burschen wie ein harmloser Irrer, so etwas wie ein Prophet, der von weit her gekommen war, um ihnen das Geheimnis des Fußballs zu enthüllen. In diesem ganzen ursprünglichen Chaos und hinter diesem Führer erahnte Er Manetta tatsächlich den Sinn des Spiels. Er begriff, daß es nicht anging, jedesmal, wenn er an den Ball kam, wie ein Stier anzugreifen, sondern daß er, wenn er Pasolini als Anspielpartner benutzte, ein Dreieck bilden und jemandem den Ball zuspielen konnte, ohne daß die anderen Jungen über ihn herfielen, daß er warten konnte, bis der Ball zurückkam, nachdem er beobachtet hatte, wo Montesano und Er Brutto standen, und daß er dann entscheiden konnte, was am besten zu machen war.

Am Ende des Spiels, als sie total erschöpft auf der Wiese beim Brunnen saßen, fragte Er Manetta den Dichter, ob er bleiben wolle, ob er Lust hätte, ab und zu zur Wiese zurückzukommen, um ein paar Spiele auszutragen.

»Ich würd wirklich gern 'ne Mannschaft aufstellen, mit Spino im Tor und wir übrigen neun Jungs davor. 'ne echte Mannschaft, du weißt schon, was ich meine. Du machst dann den Außenspieler und auch den Trainer. Und wir wärn dann: Ich, Er Catena, Montesano, Er Brutto, 'O Zoppo, Remo, More', Spino und Agnolo er Pugnetta. Dann heizen wir ganz Monteverde ein, und vielleicht verdreschen wir auch mal welche von auswärts.«

Pasolini nahm das Angebot mit großer Freude an. Er sagte, er sei froh, er freue sich wirklich. Sie drückten sich die Hand, es gab ein großes Schulterklopfen, und endlich gingen sie, nachdem sie ein nächstes Treffen vereinbart hatten, auseinander. Sie würden sich drei Tage später wiedersehen, um eine Mannschaft aufzustellen und sich ein bißchen besser kennenzulernen. Dann würden sie sich nach einer anderen Gruppe umschauen, um zu versuchen, einmal ein wirkliches Match zu spielen.

Pasolini war schon auf dem Weg zurück zur Via Ostiense, als ihm Spino nachrief und ihm von weitem zubrüllte:

»He, Papi, wir ham noch keinen Namen! Du redest doch so schön; dann hilf uns dabei. Wie solln die Mannschaft heißen, wie nennen wir sie?«

Aus der Gruppe rief einer: »Die Hurensöhne!«, und Gelächter brach aus, andere Vorschläge wurden verworfen, bis die Clique allmählich verstummte und alle auf den Dichter schauten, der noch am Überlegen war.

»Ich schlage FC Chaos vor, das paßt, finde ich, zu der Art, wie wir spielen, aber auch zum Spielplatz«, und er blickte hinüber zu den Wohnsilos und den Zementhaufen und dem ganzen Dreck, der das halbzertrampelte Feld umgab.

»Chaos bedeutet auch Durcheinander, die Unordnung, aus der wir alle kommen und aus der, wie es heißt, die Welt erschaffen wurde, aus der alles entstanden ist und in der sich am Ende alles verlieren wird.«

Und während die Sonne hinter den Hochhäusern unterging, gründeten ein Dichter und zehn Jungen also den »FC Chaos von Monteverde«.

Pasolini hielt Wort. Mindestens zweimal pro Woche kam er gegen Abend zum Spielfeld, wo ihn die Bande von Spino und Er Manetta schon erwartete. Oft versuchte er, ihnen irgendeinen taktischen Rat zu geben, was sehr mühsam war, weil der Haufen, getreu dem Namen, den er sich gegeben hatte, wenig geneigt war, zuzuhören und irgendeine Art von Disziplin zu lernen. Es brauchte Zeit, es brauchte auch Geduld, Wortwechsel, Schreie, Streitereien und Kabbeleien, aber zweifellos übertrug er auf diese Jungen mit ihrem aus der Bahn geworfenen Leben ein wenig von jener Leidenschaft, die er jedesmal empfand, wenn er über das Feld lief, an der Grundlinie entlang, und gegen das Leder trat. Und nach dem Spiel, um den Brunnen herum, die Minuten, die schweigend verbracht wurden oder mit Berichten über die Glanzleistungen des FC Bologna, den er als Junge geliebt und so hatte spielen sehen, wie man eine Sehnsucht nur in einem Traum empfinden kann.

»Wißt ihr«, sagte er zu den schweißgebadeten Jungen, »Fußballspielen ist wie Malen und wie Gedichte verfassen oder eine Geschichte schreiben. Deshalb macht man es mit Leidenschaft. Jeder von euch hat seine ganz besondere Art zu laufen, einen langen Paß zu spielen, anzugreifen, und wenn es einer schafft, das in die Tat umzusetzen, was er im Hinterkopf hat, dann ist er wirklich zufrieden. Und das ist das Schöne am Spiel.«

Innerhalb weniger Wochen wurde der FC Chaos fast eine richtige Mannschaft, mit einem gewissen Sinn und Verstand und einer genau festgelegten Aufstellung: zehn flinke Jungs und ein Dichter mit seiner Glut. Doch bislang waren sie noch auf keinen wirklichen Gegner gestoßen.

»He, Papi, ich glaub, wir sind echt gut, aber wir tun immer nur mit diesen paar Typen aus Monteverde herum. Das iss doch nix. Mir täte es gefallen, mal 'n Spiel außerhalb zu organisieren, 'n Auswärtsspiel«, sagte eines Abends Er Catena, während er Wasser vom Brunnen trank.

Sie einigten sich darauf, daß der Zeitpunkt gekommen sei, es zu versuchen. Ende August vereinbarte Pasolini etwas mit einer kleinen Mannschaft, die am Bahnhof von Ostiense spielte. Am Anfang gab es ein paar Diskussionen. Das Team bestand aus Jungen, die um die fünfzehn Jahre alt waren, und die Präsenz eines Erwachsenen wurde für unfair gehalten. Pasolini verhandelte. Auch Er Manetta war dabei. Die Auseinandersetzung verschärfte sich und dauerte lange, bis man beschloß, daß zum Ausgleich auf der Seite von Ostiense der Bruder von Filippetto Giordano mitspielen würde, dreißig Jahre alt und ein Schrank von einem Mannsbild, der als Auslader in den Lagerhäusern arbeitete.

»Da werdet ihr noch Blauklötze staunen!« sagte Filippetto und schnitt so etwas wie eine Grimasse in Richtung von Er Manetta.

»Ja, das glaubt ihr«, antwortete dieser knallhart, »weil ihr nicht wißt, was der FC Chaos von Monteverde ist. Das ist Kraft in Reinkultur! Wir spielen nach dem Vorbild des FC Bologna, weil wir 'nen Außenspieler haben, der ist wie 'n Flugzeug, und zwei Mittelstürmer, die wirklich nicht zu übertreffen sind. Wir spielen keinen Fußball, wir sind Dichter!«

Das Match wurde am 30. August 1954 ausgetragen, und es führte zum ersten einer ganzen Reihe von Siegen für den FC Chaos. Die Premiere auf einem gegnerischen Platz war nicht die beste, weil Er Manetta und die anderen, trotz der Erklärungen ihres Kapitäns, das Lampenfieber von Debütanten an den Tag legten. Sie fingen schlapp an, ohne Biß. Er Brutto, dem das Mittelfeld anvertraut war, verheddderte sich ein paarmal und verlor den Ball, unter den Flüchen und Schreien seiner Kameraden. Sie mußten ein unglückliches Tor hinnehmen, an dem Spino schuld war, weil er sich hatte ablenken lassen und nicht auf den Einwurf geachtet hatte, den Lo Zoppo ihm vom Seitenaus vor die Füße warf, so daß in der Mitte einer aus Ostia den Ball abfing, Duccio er Papale, der dann unter den Hänseleien der Zuschauer mit einem Schuß ins Tor traf.

Doch Pasolini ließ den Mut nicht sinken. Er war

von der Tüchtigkeit der Mannschaft überzeugt, und nachdem er gesehen hatte, daß nach dem Tor die Moral stieg, bat er Er Brutto, sich zum Flügel zu begeben, und stellte sich selbst in die Mitte, um Bälle weiterzuleiten und das Spiel zu dirigieren. So gewann die Mannschaft unter seiner Führung allmählich wieder an Überzeugungskraft und lief zur Bestform auf. Je ein Tor schossen Er Catena und Montesano, zwei Tore Er Manetta und eines sogar Pasolini. Letzterer, indem er einen Paß von Er Brutto aus der Luft annahm und weiterspielte. Es endete 5:2, und das war ein Triumph, weil es nicht nur ein hervorragendes Ergebnis war, sondern weil der Sieg erzielt wurde, obwohl sie im Rückstand gewesen waren, und weil Charakter und Qualität des Spiels überzeugt hatten. Sogar das Publikum, ein gegnerisches Publikum, das am Anfang gepfiffen hatte, erkannte am Ende das Können der Mannschaft an, jener Elf, die sich jetzt wie Champions fühlten.

Ganz verzagt sagte Filippetto Giordano eine Revanche zu, aber er verlor auch dieses Spiel, und zwar mit 1:8. Dann kam ein Match in Testaccio an die Reihe, 6:0 für den FC Chaos, ganz glatt, dann 5:1 auf dem Parkplatz hinter San Paolo gegen das Team von Garbatella. Das Rückspiel endete mit 8:3, fast schon ein Fiasko.

In kurzer Zeit verbreitete sich der Ruf dieser Mannschaft durch die Viertel von Rom und drang eines Nachmittags sogar bis nach Ostia. Pasolini war mit einem Lokalbesitzer, Luigi Orlandi, genannt Giggio, zusammen, und sie unterhielten sich ein wenig im Bagno Ondina. Eine Gruppe Mädchen hatte sich ins Zeug gelegt und ein Match am Strand organisiert. Ausländische Touristen, englische Jugendliche, gegen die vom Ort, die in Wirklichkeit überhaupt keine Lust zu spielen hatten. Die anderen jedoch waren tüchtige, starke und guttrainierte Leute, die mit den Römern leichtes Spiel hatten. Die Badegäste dienten als Kulisse an dem kleinen Strand, sie stießen Anfeuerungsrufe und Beleidigungen aus, lachten und waren wirklich quicklebendig. Pasolini verlor sich in diesem Durcheinander, aber auch er amüsierte sich, während er das Spiel in dem entstandenen Hexenkessel verfolgte. Als Giggio Orlandi über die Unzulänglichkeit des italienischen Vereins fluchte, dem jede Leidenschaft, jeder Respekt vor dem Spiel abzugehen schien, erzählte ihm der Dichter vom FC Chaos Monteverde.

»Warum kommt ihr nicht her, um hier zu spielen, am Idroscalo, am Wasserflughafen? Es gibt hier die Juniorenmannschaft, die ist 'ne Wucht. Ich möchte wirklich sehen, ob deine Jungs was gegen die von Ostia Idroscalo ausrichten können. Das sind Kerle so um die Achtzehn und sehr flink. Ich setz 'nen Pokal aus. Nennen wir ihn die Lido-Trophäe. Das wird was!« sagte Giggio, nachdem er Pasolinis Bericht zugehört hatte.

Man beschloß für den Abend des 10. September eine einzige Partie, die auf dem Platz beim Wasserflughafen auszutragen war. Er Manetta und die anderen waren perplex.

»He, Papi, die ham aber was drauf! Die sind älter als wir und kämpfen mit ganz schön harten Bandagen!«

»Aber wir sind ein Team, habt ihr das schon vergessen? Und dann ist das letzte Wort nie gesprochen. Wir haben schon bewiesen, daß wir unserem Spiel einen Sinn geben können. Im Leben muß man probieren, das, was man hat, bis zum Letzten aus sich herauszuholen, auch wenn man dabei riskiert, Fehler zu machen«, erwiderte Pasolini, und so überzeugte er sie.

Auf dem Platz von Idroscalo Ostia spielte der FC Chaos aus Monteverde das Spiel so, wie es seinem Ruf entsprach. Giggio Orlandi beschaffte sogar richtige Trikots, die vielen der Jungen ein bißchen zu groß waren. Remo und Er Pugnetta zum Beispiel spielten mit hochgekrempelten Ärmeln und hatten den Bund ihrer Hosen, unter dem Gelächter und Krakeel der Anwesenden, zu einer Wurst zusammengerollt. Dem hochaufgeschossenen, spindeldürren Manetta reichte das Hemd dagegen nur bis zum Bauchnabel. Vielleicht aus diesem Grund, vielleicht aber auch, weil ihm der Aufwand größer erschien als die Ehre, trat er beim Einzug auf das Spielfeld nahe an Pasolini heran und sagte leise zu ihm:

»He, Papi, mach du den Kapitän, mir iss nicht danach.«

So war er es, der in die Mitte ging, um sich dem Schiedsrichter vorzustellen, einem gewissen Moricone, und dem anderen Kapitän die Hand zu schütteln. Im Schein der mittlerweile untergehenden

Sonne sah der Dichter im Gegenlicht den Schatten eines schlanken Jungen näher kommen, einen makellosen Schatten, der sich mit leichter Anmut bewegte, ihm entgegenglitt. Sein Kopf war eine Lockenkrone, seine Augen waren zwei blaue Tondi, eine Schönheit, die ihm einen Moment lang schlichtweg den Atem raubte.

»Angenehm, ich heiße Riccetto«, sagte er zu ihm und streckte die Hand aus. »Wir ham noch nicht mal angefangen, und für euch isses schon aus«, meinte er mit einem entwaffnenden Lächeln. Pasolini antwortete etwas, beobachtete dann die Auslosung, wählte mit stockender Stimme die Seite des Spielfeldes und erwiderte dann den Händedruck des Schiedsrichters und des Gegenspielers.

Während der ganzen Partie spielte er gut, wie üblich setzte er sich bis zum Äußersten ein, doch jedesmal, wenn er sich dem gegnerischen Strafraum näherte, vermied er es, in Richtung von Riccetto zu schauen, der der Torwart war, er floh den Blick dieser blauen Augen, die ihm den Atem verschlugen. Er verlangte den Ball, redete mit seinen Kameraden. Er dachte ans Spielen.

Die Mannschaft von Idroscalo Ostia war wirklich schnell, aber der FC Chaos nicht weniger, und auch wenn die anderen erfahrener und besser organisiert waren, so waren die Jungs von Monteverde doch mit ihrem ganzen Herzen bei der Sache, sie rannten und litten, wie es sich gehört, spielten schön und foulten auch, wenn es sein mußte.

Mit dem Spielstand war es wirklich wie mit einer

Wippe: Zuerst schoß Ostia ein Tor, dann glich Er Catena aus mit einem Fallrückzieher, der eines Parola würdig war. Dann schoß Ostia wieder ein Tor, und zwar durch einen gewissen Martini; den Ausgleichstreffer landete daraufhin Moretti nach Strafstoß. Dann plazierte Pasolini einen kräftigen Distanzschuß ins Tor, und wieder glichen die anderen aus, durch einen Freistoß, der ihnen nach einem Handspiel von Er Pugnetta gerechterweise zuerkannt worden war.

Am Ende der regulären Spielzeit, nach all diesem Hin und Her, stand das Spiel immer noch unentschieden; es gab weder Sieger noch Besiegte. Der Schiedsrichter rief die beiden Kapitäne in die Mitte und sagte: »Gehen wir in die Verlängerung, je eine Viertelstunde, schließlich müssen wir den Pokal ja jemandem geben ...« Aber auch die Verlängerung brachte keine Entscheidung. Ostia schoß noch ein Tor, Monteverde auch. Also holte man Giggio Orlandi, und Moricone fragte ihn:

»Was machen wir jetzt? Wenn du diesen Pokal unbedingt vergeben willst, dann schlage ich ein Elfmeterschießen vor. Wie nach den internationalen Regeln. Jede Seite hat fünf Schüsse, und wer trifft, der trifft.«

Giggio nickte, und der Kampf ging weiter.

Den ersten Schuß hatten die vom Ort, und er ging ins Netz, dann war Remo an der Reihe, der verschoß. Die Verzweiflung des FC Chaos war mit Händen zu greifen, sie stieg höher als die Schreie von Ostia, die sie verspotteten. Aber nachdem eine neue Runde von

Elfmeterschüssen mit Torgleichheit geendet hatte, war es jetzt einer von Ostia, der danebenschoß, und der FC Chaos glich aus bis zur letzten Runde, als Spino einen mörderischen Schuß parierte, den ein gewisser Andreucci in seine rechte Ecke gezielt hatte. Eine tolle Parade. Seine Kameraden feierten ihn und fielen mit Schulterklopfen, Umarmungen und Küssen derart über ihn her, daß er einen Moment lang dem Ersticken nahe war. Nach erneutem Gleichstand sollte dann Pasolini als letzter schießen. Den entscheidenden Schuß.

Der Dichter nahm den Ball in die Hände, umklammerte ihn, als wollte er ihn zerdrücken, dann ließ er ihn ein paarmal neben sich aufdopsen, während er ganz ernst war, so, als dächte er nach. Was denkt ein Spieler in diesen Sekunden? Ist sein Kopf leer, oder ist er von der Angst gepackt, daß ein verrückter Moment alles zunichte macht? Es sind nur elf Meter, und das Tor vor dir ist riesengroß, dennoch scheint es eine Großtat, den Ball hineinzubefördern. An diesem Abend, auf dem Spielfeld von Idroscalo, war Pasolini der FC Chaos, er war zehn Jungen mit einem Traum, der seinen Füßen anvertraut war, diesem einzigen Schuß, der treffen mußte. Zehn Jungen in sich, in seiner Brust und vor sich die blauen Augen Riccettos, in die er sich auf den ersten Blick verliebt hatte.

Der Dichter legte sich den Ball auf dem Elfmeterpunkt zurecht, trat zwei Schritte zurück und starrte auf den Boden. Dann sprang er nach vorn und schoß, ohne zu schauen. Der Ball landete im Netz, und er hörte nur ein Getöse, als Er Manetta, Spino und Er Catena sich schon auf ihn warfen. Aus dem Haufen seiner Kameraden, aus dem Sturm ihrer Umarmungen sah er Riccetto, auf der Torlinie liegend.

Während Giggio mit dem versprochenen Pokal anrückte und die Jungs vom Chaos die Stars waren, ging Pasolini mit aufgewühltem Herzen auf den Torwart zu.

»Es tut mir wirklich leid«, sagte er zu ihm.

Der Junge weinte.

Das Glücksgeschrei, und die Tränen in den Augen des besiegten Tormanns.

Pasolini spürte, daß er und alles verloren war.

Einen Elfmeter schießen müssen

Bitossis Gesicht, als er den Weltmeistertitel im Radsport um einen halben Meter verpaßte. Wie er langsam auf das bereits nahe Ziel zufuhr, auf der leicht
ansteigenden Geraden von Gap. Ein Ziel, das immer
weiter in die Ferne rückte und ihn, zusammen mit dem
Rad seines Teamkameraden Basso, der ihm den Welt-
meisterschaftstitel wegschnappte, gewiß ein Stück seines Lebens kostete.

Ales Tränen an dem Tag, an dem Meroni starb, von
einem Auto überfahren wie eine Katze. Ale weinte
lautlos, ein schmerzliches Weinen aus echtem Kummer. Das Fernsehen in Schwarz und Weiß, an jenem
Abend, Meroni mit seinem Pilzkopf wie die Beatles.
Seine Kniestrümpfe.

Die Fußballspiele am Radio, Niccolò Carosio, das
Spielfeld im Chiaroscuro der ersten Bildschirme, und
dann das Staunen über das Licht im Stadion, als man
es farbig sah – ein einziges Spektakel von Glanz und
Stimmen.

Giando, der von Il Grande Torino erzählte. Er
sprach liebevoll von der Mannschaft und betete zuerst
immer die Aufstellung herunter wie einen Rosen-
kranz aus Namen, eine magische Einleitung, bevor
er die Protagonisten der Handlung dann ins Spiel

brachte. Er war wie ich, er war ein Kind und hatte weder Mazzola noch Loik, noch Bacigalupo je spielen sehen. Aber er redete von ihnen, das Pausenbrot im Mund, und versicherte, er habe sie hundertmal spielen sehen: Valentino, der den Ball so flach spielte, Gabettos Kräfte und Maroso mit dem gerade durchgestreckten Oberkörper, mitten im Getümmel. Es störte mich nicht, daß alles erfunden war, daß Giando sich die Spiele aus den Fingern sog. Die Namen dieser fabelhaften Fußballer waren bereits Geschichte, und ich hörte zu, wenn von ihren imaginären Angriffen berichtet wurde, ich lauschte verzückt, und das Herz klopfte mir im Halse. Das war unsere Erzählkunst, das war unser Mischpult.

Mazzinghi und der Koreaner, bei dem Fiasko von San Siro. Sein müdes Gesicht, der verlorene, ins Unendliche gerichtete Blick, weil er in der Falle saß und die Runden überstehen mußte, die nicht drei Minuten dauerten, sondern Monate, ganze Jahre, und der andere Koreaner, die Arme zum Himmel gehoben, nachdem er unsere Champions besiegt hatte.

Gilles' Luftsprung, ein Sprung in den Himmel, der in einem Netz landete, geradeso als wäre er ein Fußball gewesen, eine Papiertüte in einer Straßenecke.

Simpson, der sich dahinschleppte, stürzte, wieder aufstieg und dann noch einmal hinfiel, wie man wahrscheinlich in einem Traum ohne Ende stürzt, auf dem Ventoux, wo er für immer geblieben ist, um in die Pedale zu treten. Wegen Simpson bekam ich in der Schule eine schlechte Note, für eine Antwort, die ich im Zusammenhang mit dem Monte Ventoso gab, jenem Berg, der der Berg Petrarcas hätte sein sollen, für mich aber das Grab eines Mannes war, dessen Leben hier so urplötzlich geendet hatte. Die Lehrerin verstand nichts, sie schimpfte mich aus und war so verärgert, daß sie fast zu schreien anfing.

»Hier geht es um Literatur und nicht um Radsport!« sagte sie zu mir. »Das ist kein Spaß!«

Aber noch heute habe ich diese und andere Gesichter vor mir, und vor dem Einschlafen baue ich mir in Gedanken die stärksten Formationen zusammen – meine Mannschaft der Sonderklasse. Ich stelle mir ihre Angriffe vor, bis der Schlaf kommt und die Angst mich losläßt. Hin und wieder stelle ich mich auch selbst dazu, zwischen Garrincha und Cruyff, zwischen Platini und Maradona.

So habe ich es auch am Ende meines ersten Lebens gehalten, das krank und hinfällig war. Man schrieb das Jahr 1990, und ich lag in einem Krankenhaus. Baggio spielte damals schon in der Nationalelf. Ich habe ihn nach einem Paß von mir durch einen Fallrückzieher ein spektakuläres Tor schießen lassen, und erst dann durften sie anfangen, mir das Herz wieder anzunähen. Es war keine Frage des Mutes, denn bei Fragen dieser Art bleibt einem keine große Wahl: Entweder man lebt, oder man stirbt. So ähnlich wie bei einem Endspiel. Ein wenig so, als müsse man einen Elfmeter schießen.

Wahrscheinlich war es damals, daß ich beschloß, diese Geschichten zu schreiben, die, im Halbschlummer noch, aus einer Erinnerung und aus einem Traum herausschlüpften. Wahre und erfundene Geschichten, wie die, die mir Giando erzählte, während er in sein Brötchen biß.

Die Protagonisten

Fausto Angelo Coppi wurde am 15. September 1919 um fünf Uhr nachmittags in einem kleinen Dorf zwischen Tortona und Novi Ligure geboren. Er war der Sohn von Bauern und bis zum Alter von vierzehn Jahren selbst in der Landwirtschaft tätig; dann wurde er Laufbursche einer Wurstwarenhandlung in Novi und begann im Rahmen dieser Tätigkeit mit dem Radfahren. 1938 nahm er zum erstenmal an Amateurwettkämpfen teil und gewann, nachdem er 1940 ins Profilager gewechselt war, auf Anhieb den Giro d'Italia. Von da an war er bei allen Radrennen in ganz Europa so erfolgreich, daß er nur noch als »Il Campionissimo« oder »Superchampion« bezeichnet wurde. Er war ein Vollblut-Rennfahrer, ein starker Bergfahrer, aber auch zu denkwürdigen Höchstleistungen bei Zeitfahrten imstande, wie etwa 1942, als er Archambauds Stundenrekord einstellte. Hager, mit zwei großen tiefliegenden Augen, zwischen denen eine spitze Nase hervorragte, und mit einem unglaublichen Brustkorb, der mehr als sieben Liter Luft fassen konnte, hat Coppi mit seinen absoluten Spitzenleistungen Sportgeschichte geschrieben. Er »erfand« den modernen Radsport, indem er sich besondere Diäten und Trainingsmethoden ausdachte und sich dabei medizinischer Techniken bediente, die oft erbitterte Auseinandersetzungen mit seinem großen Rivalen Gino Bartali auslösten. Er starb unter tragischen Umständen am 1. Januar 1960, um 8.45 Uhr, infolge eines Anfalls von Malaria, die er sich während eines Wettrennens in Afrika zugezogen hatte und die von den italienischen Ärzten nicht erkannt worden war. Ein absurder Tod, der dazu beitrug, seine Legende, den Mythos eines Champions, am Leben zu erhalten; diesen Mythos, den der Radioreporter Mario Ferretti schon damals in seinen Reportagen mit einer berühmten, unvergeßlichen Floskel verewigt hatte: »Ein Mann allein in Führung, sein Trikot ist weiß-blau, und sein Name ist Fausto Coppi.«

Guy Moll war ein Meteor des Autorennsports. Obwohl er nur eine einzige Saison lang – 1934 – fuhr, blieb er allen, die ihn damals beim Wettkampf erlebten, unauslöschlich im Gedächtnis. Enzo Ferrari bezeichnete ihn in seinen *Memoiren* als eines der größten Rennasse aller Zeiten. Als Sohn einer Spanierin und eines nach Algerien ausgewanderten Franzosen war Moll, Ferrari zufolge, einer der wenigen Piloten, die es im Hinblick auf ihr Draufgängertum, ihre Geschicklichkeit im Lenken und ihre extreme Risikobereitschaft mit dem großen Tazio Nuvolari aufnehmen konnten. Zum erstenmal tat er sich in Monte Carlo hervor, wo er beim ersten Rennen seines Lebens in der letzten Runde den schwierigsten Grand Prix gewann. Er starb am 15. August 1934 unter nie geklärten Umständen auf dem Circuito di Pescara während der Trainingsfahrten für die Coppa Acerbo. Er war erst vierundzwanzig Jahre alt.

Il Grande Torino: Bacigalupo, Ballarin, Rigamonti, Maroso, Grezar, Castigliano, Ossola, Loik, Gabetto, Mazzola, Ferraris und Menti: Sie bildeten eine Ausnahme-Mannschaft, deren Rekorde heute noch verblüffen. Zwischen 1942 und 1949 war sie praktisch unschlagbar und wurde fünfmal nacheinander italienischer Meister. Im eigenen Land blieb die Elf im granatfarbenen Trikot vom 17. Januar 1940 an über 93 Begegnungen ungeschlagen (83 Siege und 10 Unentschieden). Hätte es nicht die Unterbrechung durch den Weltkrieg gegeben, hätte *Il Grande Torino* wahrscheinlich noch unglaublichere Resultate erzielt. Die Mannschaft spielte in dem kleinen Stadion an der Via Filadelfia, einem granatfarbenen Höllenkreis, in dem das Schicksal ihrer Gegner besiegelt wurde. Beim Erschallen der Trompete des Eisenbahners Bormida krempelte Mannschaftskapitän Valentino Mazzola die Ärmel hoch: Es war das Zeichen zum Angriff, mit dem jedes auch noch so ungünstige Ergebnis unweigerlich gekippt werden konnte. Die Spieler von *Il Grande Torino* waren so stark, daß nicht weniger als zehn zugleich in der Nationalelf spielten. Am Nachmittag des 4. Mai 1949, auf der Rückreise von einem Auswärtsspiel in Portugal, zerschellte das Flugzeug, das die Mannschaft nach Hause bringen sollte, an der Umfriedungsmauer der Basilica di Superga, also auf jenem

Hügel, der ihre Stadt überragt. Es gab keinen Über-
lebenden. Am gleichen Tag nahm der Mythos einer
Mannschaft unbesiegbarer Champions seinen Anfang.

Garrincha hieß eigentlich Manuel Francisco dos
Santos und kam am 26. Oktober 1933 in Pau Grande,
einer etwa dreißig Kilometer von Rio entfernten
Favela, zur Welt. Als kleiner Junge erkrankte er an
Kinderlähmung, und seine Beine blieben so lange
schwach und verkümmert, bis seine unglaubliche
Willenskraft und die äußerste Anstrengung eines
Arztes es ihm ermöglichten, sie wieder vollständig zu
gebrauchen. Doch sie blieben hoffnungslos krumm.
Deshalb erhielt er in der Familie den Kosenamen
Garrincha, etwa »Spatz mit den krummen Beinen«.
Er war siebzehn, als Nilton Santos, der große Verteidiger, ihn spielen sah und sofort das einzigartige
Potential seiner fulminanten Finte erkannte. Er
brachte ihn bei der Mannschaft von Botafogo unter.
Dies war der Beginn einer glänzenden Karriere, die
Mané so weit führen sollte, daß er zweimal die Fuß-
ballweltmeisterschaft gewann und eine Symbolfigur
dieses Sports wurde. Er versetzte die Zuschauer-
menge mit seinem Dribbling in Entzücken, das stets
gleich, aber immer unwiderstehlich war, und wegen
dieser seiner Gauklernummer wurde er »*alegria do
povo*« genannt. Er war ein einfacher Mensch, fast un-
bedarft in seiner Naivität: Er lebte ohne Kalkül und
ließ sich nur von seinem treuherzigen Wesen leiten.
Sein Niedergang vollzog sich in einer elenden und

traurigen Spirale unter dem Zeichen seiner stürmischen Affäre mit der großen Sängerin Elsa Soares. Übergewichtig und leidend, schleppte er sich, zwischen trübsinnigen Darbietungen seiner alten Kunst und Abgründen, die der Alkohol gegraben hatte, durch die letzten Jahre seiner Existenz, bis der Tod ihn am 20. Januar 1983 ereilte. Im Elend, einsam und vergessen.

Jack Johnson wurde am 31. März 1878 in Galveston, Texas, geboren. Als Kind arbeitete er auf den Baumwollfeldern, dann als Auslader im Hafen seiner Heimatstadt, und schließlich begann er durch Texas zu trampen, wo er unter anderem Jobs als Stallbursche und Trainer in Ringerschulen annahm. In Boston entdeckte er das Boxen, als er Joe Walcott beim Training zusah. 1899 begann er eine Boxerkarriere, die fast dreißig Jahre dauern und ihn 1908 an die Spitze der Weltrangliste führen sollte, als er in einem historischen Kampf seinen Rivalen Tommy Burns vernichtend schlug. Viele Kritiker halten ihn für den bedeutendsten Schwergewichtler in der Geschichte des Boxsports: Johnson, großgewachsen, stark, koordiniert, ein perfekter Stilist und harter Schläger, war im wahrsten Sinn des Wortes ein Meister in der Kunst der Finte. Er bestritt nicht weniger als 114 Kämpfe und verlor nur sieben. Als umstrittene, oft exzessive Persönlichkeit hatte es sich Johnson zur Gewohnheit gemacht, mit einem Sportwagen der Marke Duesenberg durch die Staaten zu kreuzen, in der Begleitung weißer und stets auffallender Frauen, eine Tatsache, die ihm verschiedene Unannehmlichkeiten eintrug in einem Land, das noch stark rassistisch geprägt war. Mit Vorliebe kleidete er sich exquisit und spielte den Kontrabaß. Dabei stellte er ein Lächeln zur Schau, das seine Feinde als geringschätziges Grinsen eines Angebers deuteten. Er starb am 10. Juni 1946 an den Folgen eines banalen Verkehrsunfalls, nachdem er wenige Wochen zuvor noch einmal gegen seinen großen Rivalen Joe Jeannette angetreten war. Er wurde achtundsechzig Jahre alt.

Tazio Nuvolari kam am 16. November 1892 in Casteldario, Provinz Mantua, zur Welt. Er war klein und hager und mit einem Mut ohnegleichen begabt, der ihm gestattete, seine technische Klasse mit einer erbitterten Suche nach Risiken in Einklang zu bringen. Als hervorragender Rennfahrer in jeglichem Typ von Wagen, auf jeglicher Art von Rennstrecke, war er unter allen denkbaren Umständen bereit, alles aufs Spiel zu setzen. Aus diesem Grund waren wahrscheinlich seine unzähligen Glanzleistungen immer schon von einer legendären Aura umgeben, wie sie für eine historische Epoche des Autorennsports auch kennzeichnend war. Er fing mit dreizehn Jahren an, Motorrad zu fahren, zuerst eine Türkheimer, und mit vierzehn ein Auto, ein Humpmobile. Er nahm zunächst an Motorradrennen teil, von denen er ab 1920 nicht weniger als 52 gewann. Im Jahr darauf begann er, auch Autorennen zu fahren, und zeichnete sich bald durch seine Unerschrockenheit aus, wie etwa 1924, als er auf dem Circuito Golfo del

Tigullio bei einer Ausfahrt die Gummireifen verlor und buchstäblich auf den Felgen im Ziel eintraf. Seine Legende ist verquickt mit den heroischen Schlachten um den Sieg bei der Mille Miglia, dem Rennen, das durch halb Italien führte, auf Straßen, an deren Rändern die Menschen stundenlang auf die Durchfahrt der Konkurrenten warteten. Er maß sich mit den stärksten Piloten der damaligen Zeit, mit allen, während einer langen Karriere, die erst 1950 zu Ende ging, als er achtundfünfzig Jahre alt und bereits müde war und an einer schweren Lungenkrankheit litt. 1970 sagte Enzo Ferrari über ihn: »Die Menschen gehen zusammen mit ihrer Zeit in die Geschichte ein, und aus dieser Epoche ist Nuvolari nicht wegzudenken. Die moderne Welt hätte, mit all ihren Grausamkeiten, sicherlich versucht, auch ihm zu schaden, aber ebenso gewiß hätten die Leistungen, zu denen er fähig war, jeglichen Versuch einer Vergiftung im Keim erstickt.« Nuvolari starb in seinem Bett, in Mantua, am 11. August 1953. Er war einundsechzig Jahre alt.

Emil Zátopek wurde am 19. September 1922 als Sohn eines in der verbotenen kommunistischen Partei aktiven Schreiners im mährischen Kopřivnice geboren. Mit neunzehn Jahren kam er als Werkstudent in der Schuhfabrik Bata eher zufällig zum Laufsport. Er spezialisierte sich auf den Mittel- und Langstreckenlauf und widmete sich dieser Disziplin von Anfang an mit einer Ausdauer und einem Eifer, die ihn legendär machten und ihm den Beinamen

»menschliche Lokomotive« eintrugen. Wenn er mit schwerem Schritt und vor Anstrengung verzerrtem Gesicht lief, bot Zátopek keinen schönen Anblick. Er tüftelte intensive Trainingsprogramme aus, die auf die stetige Verbesserung seiner körperlichen Widerstandskraft abzielten. Er hält einen möglicherweise nicht einstellbaren Rekord, denn bei der Olympiade in Helsinki 1952 gewann er innerhalb von nur einer Woche den Fünftausendmeter-, den Zehntausendmeter- und den Marathonlauf. Nachdem er die Teilnahme an Wettkämpfen aufgegeben hatte, wurde er zum Obersten der tschechoslowakischen Armee befördert und betätigte sich dort als Trainer, bis er, aufgrund seiner offenen Parteinahme für Dubček, aus diesem Amt entfernt und degradiert wurde. Um zu überleben, arbeitete er zunächst als Maurer und später als Bergmann. Er erlag, achtundsiebzigjährig, in der Nacht des 21. November 2000 den Komplikationen infolge eines Oberschenkelbruchs und einer Lungenentzündung.

Jean-Antoine Carrel und Edward Whymper: Jean-Antoine Carrel wurde 1829 im Dorf Avouil, einem Vorort von Valtournanche im Aostatal, geboren. Er kämpfte in den italienischen Unabhängigkeitskriegen (1848–59) im Range eines Sergeanten. Von da an war er für alle »il Bersagliere«. Carrel war von heftiger Wesensart und besaß angeborene Führungsqualitäten, doch vielleicht war letztlich sein stolzer Charakter maßgebend dafür, daß er den Kampf mit dem Matterhorn zu seinem Lebensziel machte, seit er

1857 zum erstenmal – erfolglos – eine Route auf den Gipfel gesucht hatte. Als Whymper mit seinem Versuch in Begleitung eines Berner Bergführers die Bühne betrat, begann zwischen den beiden der Wettlauf um die Eroberung dieses Berges. Carrel zog nach und gelangte zunächst bis zur Crête du Coq und dann, 1862, zusammen mit John Tyndall, bis zu dem Punkt, der seitdem Enjambée du Pic Tyndall genannt wird. Die Geschichte der letzten Niederlage, die ihm Whymper 1865 beibrachte, und der Verzicht der Seilschaft Carrels, dessen Beweggründe niemals völlig geklärt wurden, ist, von der Aura einer Legende umgeben, in die Geschichte des Bergsports eingegangen. Die Legenden entstanden vor allem deshalb, weil Carrel, nur drei Tage nach dem tragischen Ende der gegnerischen Seilschaft, imstande war, das Matterhorn von der italienischen Seite aus zu bezwingen, die technisch schwieriger ist als die Route, die der Engländer fand. In den folgenden Jahren nahm Carrel, nachdem die Beziehungen zu Whymper aufgrund der hohen Wertschätzung, die dieser dem Führer aus dem Aostatal entgegenbrachte, wiederhergestellt waren, an einer Expedition in den Anden teil, in deren Verlauf sie gemeinsam mehrere Gipfel bestiegen. Carrel – Jäger, Hirte, Kunsthandwerker und Landwirt – stieg noch viele weitere Male auf das Matterhorn, bis er bei seinem einundfünfzigsten Aufstieg den Tod fand, und zwar an jener Stelle, die heute zu seinem Gedächtnis »Croce Carrel« heißt. Zuvor war es ihm noch gelungen, die Kameraden seiner Seilschaft in Sicherheit zu bringen. Man schrieb das Jahr 1890, und der Bersagliere war einundsechzig Jahre alt.

Edward Whymper kam 1840 in London zur Welt; er entstammte einer Familie holländischer Herkunft. Von seinem Vater, einem Maler, erbte er eine gewisse künstlerische Ader, die sich im Rahmen seiner alpinistischen Tätigkeit als maßgeblich erwies. Im Alter von einundzwanzig Jahren erhielt er von einem Verleger den Auftrag, eine Reihe von Illustrationen von Alpengipfeln anzufertigen. Dieser erste Kontakt mit den hohen Bergen und den englischen Bergsteigergrößen der damaligen Zeit, wie Kennedy, Leslie Stephen und Walker, hinterließ in ihm einen Eindruck, der so tief war, daß es ihn 1861 nach Valtournanche zog. Dort startete er, nachdem er Carrel kennengelernt hatte, mit ihm und ohne ihn, jene Reihe von Besteigungsversuchen, die ihn schließlich am 14. Juli 1865 auf den Gipfel des Matterhorns führen sollte. Das tragische Ende beim Abstieg erschütterte die öffentliche Meinung zutiefst: Man sprach nicht nur sehr lange von der Möglichkeit, die Bergbesteigungen überhaupt einzustellen, sondern zog auch Whymper in erbitterte Auseinandersetzungen hinein, die seine Fähigkeiten als Seilschaftsführer betrafen, ja selbst seine Ehre in Frage stellten und verleumderische Zweifel auslösten, die niemals völlig ausgeräumt wurden. Infolge dieser Animositäten beschloß er, von größeren Expeditionen Abstand zu nehmen. Er ging nur noch, zusammen mit seinem großen Rivalen Carrel, auf eine gemeinsame Expedition nach Südamerika. Nachdem er sich nach Chamonix zurückgezogen hatte, starb er im Alter von einundsiebzig Jahren.

Die Kiewer Start war eine besondere Mannschaft, die während der Besetzung durch die Nazis 1942 aus Spielern der beiden größten Fußballvereine von Kiew zusammengesetzt wurde: Gontscharenko, Swiridowskij, Korotkich, Klimenko, Tjuttschew, Putistin und Kusmenko kamen von Dynamo, Balachin, Sucharjew und Melnik von Lokomotiv. Das Schicksal dieser Mannschaft hat im Laufe der Zeit den Charakter einer Legende angenommen, die im »Todesspiel« vom August 1942 gipfelte. Diese Legende beruht leider auf historischen Fakten, denn einige Spieler wurden umgebracht, andere starben nach ihrer Deportation in Konzentrationslagern. Der einzige, der lange Zeit überlebte, war Makar Gontscharenko, der erst kürzlich starb und als Aushängeschild und Zeuge dieser unglaublichen Formation diente. Von ihrer Geschichte ließen sich Schriftsteller und Regisseure inspirieren, die sich allerdings auch einige künstlerische Freiheiten gestatteten, darunter der Ungar Zoltán Fábri in dem Film *Zwei Halbzeiten in der Hölle* und John Huston in *Flucht oder Sieg*. Noch heute haben Leute, die im Besitz einer Eintrittskarte zu diesem schrecklichen Spiel sind, das Recht auf einen Platz im Stadion von Dynamo in Kiew, vor dem nun ein Denkmal aus Marmor an den Tod der Fußballer erinnert.

Pier Paolo Pasolini kam am 5. März 1922 in Bologna zur Welt. Sein Vater war Artillerieoffizier, die Mutter Grundschullehrerin; sie stammte aus dem Friaul, einer Gegend, mit der sich Pasolini seit seiner Kindheit, der Zeit seiner Sommeraufenthalte in Casarsa, verbunden fühlte. Seine volle intellektuelle Kraft entfaltete der Schriftsteller, Dichter und Regisseur dank seiner ständigen Auseinandersetzung mit der Welt. Sein unablässiger und unbeugsamer Wille, kulturelle, politische, gesellschaftliche und historische Horizonte neu zu definieren, veranlaßte ihn sogar, sein Leben aufs Spiel zu setzen. Mit seinem Anspruch, sich in verschiedenen Genres gleichzeitig auszudrücken, postulierte er eine absolute Reinheit und den Rückgriff auf Werte, die imstande sind, den unterschiedlichen Aspekten der menschlichen Existenz Sinn und Kraft zu verleihen. In dieser Hinsicht zeigte er sich so konsequent, daß er sich nicht scheute, seine Homosexualität offen und wirklichkeitsnah auszuleben, um den Preis, mißbilligt und verurteilt zu werden. Unaufhörlich fand er Gelegenheiten, intellektuelle Ansprüche mit der Alltagswelt zu konfrontieren, und zeigte so mit wahrer Leidenschaft die komplexen Verwandlungen auf, denen sich das gesellschaftliche Gefüge Italiens in der Phase des Übergangs von einer bäuerlichen Kultur zur Konsumgesellschaft unterzog. An dem Leben seiner Zeit nahm er auf eine umfassende und radikale Weise teil. Das galt auch im Hinblick auf die scheinbar unwichtigsten Dinge, wie etwa den Fußball, den er als physische Ausdrucksmöglichkeit, aber auch als eine Form von Sprache liebte. In einem seiner Werke heißt es: »Der Fußball ist ein System von Zeichen, also eine Sprache. Er besitzt schlechthin sämtliche Merkmale einer Sprache [...] beziehungsweise die einer geschriebenen-gesprochenen Sprache [...]. Die Spieler sind es, die diese Sprache verschlüsseln, und wir, die wir auf den Rängen sitzen, entschlüsseln sie, das heißt also, daß wir über einen gemeinsamen Kode verfügen. Wer den Kode des Fußballs nicht kennt, versteht weder die ›Bedeutung‹ seiner Worte (der Pässe), noch den Sinn seines Diskurses (das Hin und Her der Pässe).« Pasolini war ein Fan des FC Bologna, spielte selbst sehr gern Fußball und trug mit Eifer und großer Begeisterung kleine Matches mit Freunden aus. Seiner Fußballeidenschaft blieb er bis zu seiner Ermordung in der Nacht vom 1. auf den 2. November 1975 treu; Tatort war ein staubiges Spielfeld des Fußballvereins von Idroscalo Ostia.

Inhalt

Fausto Coppis Engel 9

Die Bahnen des Lebens 34

Die Unbesiegbaren 45

Der Spatz 60

Die falsche Farbe 77

Nuvola, die Wolke 93

Die Widerstandskraft des
    Langstreckenläufers 109

Der Engländer und der Bersagliere 125

Die letzte Parade des Torwarts Trussewitsch .. 142

He, Papi! 161

Einen Elfmeter schießen müssen 182

Die Protagonisten 187

»Eine Fülle kuriosester Karrieren.«

Michael Freund, Der Standard

Kennen Sie Florence Foster-Jenkins, die Mörderin des hohen C? Ist Ihnen Helmut Flatzelsteiner ein Begriff, der sich die Gebeine von Mary Vetsera, der Geliebten von Kronprinz Rudolf, »ausborgte«, um das Rätsel von Mayerling zu lösen? Rudi Palla, der Chronist des Abseitigen, ist diesen Narren im Wortsinn nachgegangen und stellt uns diese Hochstapler, Abenteurer, Gauner und Verführer vor. Doch er liefert keine bloße Kuriositätensammlung, sondern schildert in der unterhaltsamen Biographie dieser Exzentriker auch die Geschichte ihrer Zeit.

Rudi Palla

Kurze Lebensläufe der Narren

Zsolnay

176 Seiten, mit Abbildungen. Gebunden
www.zsolnay.at

Italo Calvino im dtv

»Calvino ist als Philosoph unter die Erzähler gegangen,
nur erzählt er nicht philosophisch, er philosophiert
erzählerisch, fast unmerklich.«
W. Martin Lüdke

Die unsichtbaren Städte
Roman
Übers. v. Heinz Riedt
ISBN 978-3-423-10413-5

Sowenig wie Marco Polo in
diesem Buch eine historische
Figur ist, sowenig handelt es
sich auch bei den Städten, die
der fiktive Venezianer be-
schreibt, um reale Orte. Es
sind vielmehr Tummelplätze
der Imagination.

**Wenn ein Reisender in
einer Winternacht**
Roman
Übers. v. Burkhart Kroeber
ISBN 978-3-423-10516-3

Calvinos hintergründig-witzi-
ges Verwechslungsspiel läßt
den Leser des Romans auf
die Suche gehen nach einem
Roman. Der Leser, so beteiligt
am kriminalistischen Spiel,
wird zum Helden des Romans.

Der geteilte Visconte
Roman
Übers. v. Oswalt v. Nostitz
ISBN 978-3-423-10664-1

Dem Visconte hat das Leben
übel mitgespielt: Nur seine
schlechte Hälfte scheint aus dem
Krieg zurückgekommen zu sein.

Der Ritter, den es nicht gab
Roman
Übers. v. Oswalt v. Nostitz
ISBN 978-3-423-10742-6

Ein Muster an Kampfgeist
und Pflichtgefühl ist Agilulf,
der aber eine seltsame
Eigenschaft hat: es gibt ihn
nicht.

Zuletzt kommt der Rabe
Erzählungen
Übers. v. Nino Erné und
Julia M. Kirchner
ISBN 978-3-423-11143-0

Unter der Jaguar-Sonne
Erzählungen
Übers. v. Burkhart Kroeber
ISBN 978-3-423-11325-0

Ein Buch der Sinne: das letzte
erzählerische Werk Calvinos.

**Die Mülltonne und
andere Geschichten**
Übers. v. Burkhart Kroeber
ISBN 978-3-423-12344-0

**Die Braut, die von
Luft lebte**
und andere italienische
Märchen
Übers. v. Burkhart Kroeber
ISBN 978-3-423-12505-5

Bitte besuchen Sie uns im Internet: www.dtv.de

Italo Calvino im dtv

»Calvino ist einer der letzten großen Zauberer der
europäischen Literatur.«
Mary McCarthy

Wo Spinnen ihre Nester bauen
Roman
Übers. v. Thomas Kolberger
ISBN 978-3-423-12632-8

Pin, der verwahrloste Gassen-
junge, fühlt sich magisch
angezogen von der Welt der
Erwachsenen. Doch keiner
nimmt ihn ernst. So stiehlt er
einem deutschen Soldaten die
Pistole … Krieg, Sex, Helden-
tum und Politik enthüllen aus
der Sicht eines Kindes ihre
ganze Fragwürdigkeit.
Calvinos erster Roman, der
ihn früh berühmt machte.

Eremit in Paris
Autobiographische Blätter
Übers. v. Burkhart Kroeber
und Ina Martens
ISBN 978-3-423-12723-3

**Das Schloß, darin sich
Schicksale kreuzen**
Erzählungen
Übers. v. Heinz Riedt
ISBN 978-3-423-13120-9

Heikle Erinnerungen
Erzählungen
Übers. v. Nino Erné, Julia M.
Kirchner und Caesar
Rymarowicz
ISBN 978-3-423-12840-7

**Ein General in der
Bibliothek**
Erzählungen
Übers. v. Burkhart Kroeber
ISBN 978-3-423-13595-5

Der Baron auf den Bäumen
Roman
Übers. v. Oswalt v. Nostitz
dtv AutorenBibliothek
ISBN 978-3-423-19102-9

Am 15. Juni 1767 erhebt sich
Baron Cosimo von der
Familientafel und klettert auf
eine Steineiche. Er wird den
Boden nie mehr betreten …